Maar Net Mens

Staaltjies van Menswees
Volume 1

Leon Cornelius

Samesteller: Leon Cornelius
Voorbladontwerp: Malherbe Uitgewers

Geset in Franklin Gothic Book 12pt

Uitgegee en gedruk deur
Malherbe Uitgewers

Inhoud

Ai, Mans Darem!.. 1

Soektog na Verlore Bandiet.. 3

Roadtrip deur Windpomp Vlaktes...................................... 6

Tegnologies Gestremd.. 13

Om vir jou so Lief te kan Hê 16

Inperking – Dag 12.. 20

Vrydag – Vlak 4 – Vryheid – Of is dit? 23

Boeta-Jan... 27

Die Meerkat wat Ge-hike het:... 31

Aura 35

Pyn 38

Sidny 43

Die Mieliesakfort 46

Kortgeknip 50

Afleiding.. 55

Die Skurk by die Deur en Psalm 91................................. 59

Die Boer en sy Ingelse Woord 64

As Ma Verjaar 67

Broertjie... 70

Visvangavonture.. 75

Ma Word Vyftig 79

Ma Word Sestig 82

'n Oompie vir die Oudag 86

Ordentlikheid Betaal nie... 90

Skoonma.. 94

Gister was nie 'n Lekker dag Nie. 97

Ek Wonder of die See weet ons pak op........................... 102

Voorspelling uit my Kinderjare....................................... 105

D-Dag.. 109

Karphengel: Die Inlywing 113

Konsternasie in die Krugerwildtuin 117

Humoristiese Drama 121

Kapokkie die Haan 124

Troue 127

Ou Flentergat 131

Sonskyn in Suid-Afrika 135

Maleagi 3:10 139

Sluipende Gediertes 142

Ai, Mans Darem!

Leon Cornelius

In die dae toe liewe oom Henk en tannie Marlene nog jonk en ongetroud was, was hy baie lief vir sy ou Datsun motortjie. Hy sou oor naweke byna die hele enjin uitmekaar haal net om alles pragtig mooi skoon te maak. Sy Datsun was sy trots.

Op 'n dag ry hy en sy nooi, dis nou ou tante Marlene, iewers op 'n snelweg met die ou karretjie toe hulle skielik enjinprobleme optel. Die ding ruk en stik. Oom Henk trek van die pad af, maak die enjinkap oop en begin soek na die fout.

Tannie Marlene klim toe ook maar uit om die groot man te gaan bystaan. Sy loer so na iets en wil hom net vra of daardie iets nie dalk die oorsaak van hulle gestanery is nie, toe oom Henk vir haar sê: "Ag man! Ek ken hierdie enjin soos die palm van my hand. Gaan klim jy liewer net weer in die kar!"

Sy draai om, stap terug en maak soos die ou brombeer beveel. Na 'n lang ruk en met die hele gedoente in stukke soos oom Henk losmaak en uithaal om die probleem op te spoor, staan hy eers terug, vryf oor sy agterkop en besluit toe om die jong dame wat rustig sit en wag te gaan vra wat sy tog nou kamstig gesien het.

Selfvoldaan - met goeie rede - klim sy uit en gaan staan by die oop enjinkap. "Daar! Moet daardie draad so los wees?"

Oom Henk vat aan die vonkpropdraad waarna sy wys en voel dat hy nie mooi in sy plek is nie. Hy druk die draad terug en sit alles wat hy uitmekaar gehaal het weer aanmekaar. Die sleutel word gedraai en die motortjie loop weer soos 'n droom!

Nou kyk, ek weet nie of oom Henk daardie dag sy les geleer het nie, maar wat ek wel weet, is dat tannie Marlene dit baie geniet het om hierdie storie aan my oor te vertel, terwyl oom Henk in stilte sit en nadink.

Soektog na Verlore Bandiet

Anne-Marie Twigge

So rukkie gelede, het Jakaranda die radiostasie hierdie kompetisie gehad waar daar iemand deur dorpe en stede by plekke aangedoen het en dan leidrade op die radiostasie deurgee en dan soek almal hom in die omgewing. Op 'n dag nog in my PJ, darem al besig met salarisse, omdat ek van die huis afwerk het ek nie streng kantoor etiket nie, laat weet my seun Glen my dat die Jakaranda Timesquarebandit by Benoni se Hasiepark is en ons moet hom gou gaan kry, dit is darem R8,000 werd.

Dit klink na 'n avontuur, ek trek soos blits aan en spring in my motor. Daar gekom is alles in rep en roer, Bonita my skoondogter het sommer vir baba ook half deur die slaap in die kar, want almal weet as hy daar gekry gaan word sal sy die een wees wat hom sal kry. Rowen my kleinseun kan sy geluk nie vandag glo nie, al hierdie vroegoggend opwinding en hy is mos ons buitekind. Daar aangekom is daar nou al heelparty hoopvolles wat hierdie "bandit" gaan vang. Die Hasiepark is gesluit vir die publiek want hulle is besig met opknapping en ek begin wonder of hier nie 'n slang in die gras is nie.

Intussen word ek nou goed opgelei wat die hele prosedure behels met my seun aan die anderkant van die telefoon, want jy moet aan die man raak en dan die regte rympie opsê, net te ek maar dink ons moet maar opgee kom daar 'n nuwe leidraad, hy is nou by die "Farmersmarket" by die "Bunnypark". Nou moet ons maar uitwerk waar is "Farmersmarket", orals is daar hierdie markte. Terwyl ons nou so straataf ry, sien ek nou hierdie winkeltjie, amper soos 'n mini "Fruit and Veg" dit kan mos werk dink ek, ek sien die man voor die winkel staan met sy selfoon, die "bandit" het dan hoeka nou net met die radio gepraat en nog leidrade gegee, dit moet hy wees, want hy lyk bietjie volksvreemd en die stem van die "bandit" het nogal vir my volksvreemd geklink, ek spring vinnig uit die motor en hol op die man af, terwyl ek hoop ek onthou die regte rympie. Ek gryp die volksvreemde man daar aan sy arm en rammel die rympie af.

"Are you the "Timesquarebandit with Jacaranda" Die man se oë rek en hy kry so snaakse uitdrukking, en ek dink by myself, het jou! Nou herhaal ek my rympie sommer harder. "ARE YOU THE TIMESQUAREBANDIT WITH JACARANDA"

Nou lyk die man baie bang en hy staar my vol vrees aan en fluister amper onhoorbaar, "No I am human" dalk die enigste Engelse woorde waaraan hy op die oomblik kon dink.

Ek besef dis die winkeleienaar, 'n Pakistaner wat met sy selfoon bietjie sonnetjie soek en heeltemal "Lost in Translation" is, met die vrou wat hom wil vang omdat hy 'n "Bandit" is.

Die "Bandit" is toe nooit gevang nie, en die Pakistaner het seker lank gewonder wat die oggend met hom gebeur het.

Roadtrip deur Windpomp Vlaktes

Aileen Hart

Dit was Januarie 2018 - Ons eerste "roadtrip" – opgewondenheid is tasbaar, manlief het als haarfyn beplan. Elke stop, elke vulstasie, elke oornag plekkie, elk besonders volgens dit wat mens op "google" sien. Net ek en hy, ons vat die Kaapse roete, van Gauteng, deur na Noord-Kaap met 'n bakkie vol bottels water, op deur Wes-Kaap en al die pad weer terug na Johannesburg.

Manlief is goed met die soort van dinge, beplanning. Ek aan die anderkant is impulsief en doen soms net sonder om te dink, wie weet waar ons sou opeindig sou ek als moes reël, red 'n nasie.

Die wêreld is droog, oral waar jy kyk is dit bruin en dor... die boompies is vuurmaakhout. Hier en daar is 'n groen boompie, groen want dis hoe hy gemaak is, nie van water nie. Jy sien nie voëls nie, die risiko van vrek van hitte en dehidrasie op die soektog na kos is te groot, hulle moet wag vir sonsondergang.

Hier en daar is 'n bewerkte landery met klein plantjies, wonder of hul ooit gaan groei en vrug dra... tuis tussen die hitte en stilte. Stilte dra vrede, maar die hitte se droogte dra bekommernis. Dis asof die aarde uitroep na jou, om jou hande met die grond te dek en saam die grond te bid vir reën, vir genade. Selfs die sonbesies se skree is anders, ja, hul sing nie, hul skree, huil om hulp.

Die paar beeste wat jy sien se gesigte vertel stories van hartseer verlange na groen weivelde... maar skape, hulle is harder as wat mens dink, ek glo die dat die Bybel na ons verwys as skape en Jesus ons Herder, want hul is taai, lewe van min en is gehard. Die mense hier is hartsmense, Godsmense, mense wat nog bid en hoop, want daarsonder sal jy nie hier oorleef nie. Dié wêreld sit nie in elke ou se are nie, dis ingebore. Vreemd hoe iets so "dood en leweloos" jou so lewendig laat voel – mens se liefde vir jou Skepper word amper tasbaar, maar jy sluk jou trane want mens is hier suinig met water. Ja nee, as God sê ja is dit ja, maar as Hy nee sê, dan hoop jy jy het geluister toe Hy vermaan, maak genoeg bymekaar om te hou en jou te dra to Hy weer sê ja.

Die pad is lank, voel snaaks om te kan sien waar jy oor 'n uur gaan wees, asof jy in die toekoms kan insien.

Hier is nie wind nie, die windpompe draai nie, staan gebroke en geroes, vertellend van water wat daar eens was. Dan, onder die boompies wat nog skadu gee is bondeltjies skape wat die bietjie koelte deel, mens wonder of dit ook so sou wees as dit mense was wat dit moes deel.

Twee plaaswerkers galop verby ons op hul perde en groet ons vriendelik, 'n groet wat jou lus maak vir rooibostee en oorlede Ouma Babs se outydse spesery koekies... dié wêreld is net anders.

Ek kyk uit vir tolbosse, ek is gaande oor 'n tolbos, maar ek sien niks, nie een nie, want waarheen tol jy as jy nie weet waar die water, die lewe is nie. Geen dassies op klippe nie, geen meerkatte wat oor die pad hol nie, dis erg, maar dis mooi.

Geloof, dis wat die mensdom gaan knak, of eerder die gebrek daaraan, wat ons land so uitdroog en doodmaak. Ons probeer dinge self doen, sonder God, sommige besef dit te laat, van ons sien dit, maar vind dit moeilik om met Hom te "connect", ander weier om Hom te aanvaar as ons Redder en Saligmaker. Dis elke een se saak, of is dit regtig...?

Ons ry deur so baie "stop-and-goes", daar word gewerk aan paaie, maar nie aan geloof nie. Mense wil alewig êrens heen, opsoek na die mooi, die rustige, maar dit lê tog eintlik by ons Jesus se voete, ons hoef eintlik nie ver te reis nie, besef ons dan nie?

Vakansiegangers haastig en ongeduldig. Ons ry almal in ons koel voertuie, eintlik salig onbewus van die genadelose hitte daar buite.

Maar óns, ek en manlief, ons is rustig, want ons is saam. Die hitte maak jou snak na jou asem, maar ons weier om die lugverkoeler aan te skakel, want ons wil hiér wees, ons wil die wêreld voel en opreg beleef, inneem en net weer dankie sê, dankie Vader dat ons tuis in water kan baljaar, dat ons grasperk welig en groen kan wees, dat ons geseënd is deur reëndruppels gereeld op ons gesigte kan voel.

Dan, uit die bloute, tussen al die dood, 'n mielieland, lowergroen en nat gelei, geplant deur 'n gelowige, 'n skaap, 'n taai en geharde kind van God. Betowerend.

Daar is nie wolke nie, net netjiese wit strepies, strategies geplaas, soos 'n kunstenaar wat die laaste afronding-stroke van Sy verfkwas oor die canvas trek, kunstig, dae en ure se harde werk, uiteindelik vasgevang en kompleet. Wonder soms of God ook so terugsit soos 'n skilder na Hy 'n toneel geskep het, om dit te bewonder. Fynste detail, die menslike oog ook só gemaak dat dit selfs daai verdwaalde koei in die vêrte op die kunswerk kan raaksien, maar sien ons werklik alles of kyk ons met blinde oë?

'n Merrie wei langs die pad, knaag en kou aan die droë grasse, haar Vul nog baie klein. Sy is maer, uitgeteer, offer haar liggaam, die bietjie weiding wat sy inkry se waarde stoor sy in haar melk vir haar Vul, dis tog wat 'n ma doen, offer haarself op sodat haar kindertjies kan lewe. Ons vrouens is anders geskape, hard, buigbaar en beskermend, tipies soos 'n ribbebeen, dit vou en buig met asemhaling en vat die slae wat die lewe uitdeel, dis taai en beskerm jou binneste.
Soveel wilde perde, almal gehard, soos die skape. Die mens het sag geword, ons kla maklik, hou nie van

sukkel nie, maar dié wêreld se mense en diere nie, hulle weet, kla help nie.

Tog onder die droë harde kors is daar lewe, is daar hoop. Maar jy moet diep grou, en reg grou, sodat wanneer jy dit kry, moet jy vra dat die Heilige Gees Sy wind sal stuur om jou vinne te laat draai sodat dit wat lewe gee uit kan kom en so kan lewe gee, dan, en net dan word jou dammetjie vol, oorlopend vol van God se genade...

Sodra jou dammetjie oorvol is, begin dit vanself oorloop, dan maak dit die gras nat, en wanneer dít versadig is voed dit die boompies en dan kan die diere kom eet en drink van dit wat lewe gee sodat hul ook kan versadig word en oorloop en so die Woord versprei.

Snaaks hoe die rotse en klippe langs die pad glad en gerond is, soos die rotse wat jy sal kry langs massas water, so asof dit die waarheid ontbloot oor die Bybel se 40 dae en 40 nagte reëns... kan my net indink hoe ongelooflik 'n reënboog in dié vlaktes kan lyk.

En daar sien ek dit, 'n tolbos!! Kinderlik opgewonde! Nostalgie oor verlore en amper vergete kinderdae op die plaas oorweldigend.

Treffend kry ons die skielike reuk van dennebome, bring verlange na die plaaslewe as kind, sorgeloos, vreesloos, kaalvoet en met jeug aan my kant, maak my verlang na 'n oupa waarvan ek nie gehou het nie.

Hoe werk dit? Hoe verlang mens na iemand waarvan jy nie gehou het nie?

Skielik is ons alleen op die oop pad, 'n pad wat baie nie wil waag nie want winkels en gemak is te vêr. Die onbekende word stadigaan die bekende, word 'n herinnering, veilig gestoor saam bekende reuke en nostalgie in 'n welkome, rustige spasie in my gedagtes.

Nou weet ek, ek verstaan nou hoe mens verlang na iemand waarvan jy nie gehou het nie. Hy was en is deel van die vrou wat jou lewe gegee het, die een persoon wat jou gedra het in haar skoot, jou gevorm het en sterk gemaak het, 'n sterk vrou, 'n ma, MY MA.

Ek trek my woorde terug, al die kere wat ek diegene wat modes ens so obsessief volg skape genoem het, ek het skape 'n onreg aangedoen. Ek wil ook 'n skaap wees, my Herder volg, saam al die ander skape gaan na waters waar daar rus is. Ek wil saam hulle snags by Sy voete slaap, rustig, wetend dat Hy my sal beskerm, waarlik, my Beskermer sluimer nie in nie en Hy slaap nie, my Herder beskerm my en bewaar my teen alle gevare.

Vullende gevoel, soos jy in die oorverdowende stilte sit en staar na die vêrte. My oog vang 'n ou plaashuis, diep in, alleen en omsingel met droogte en stilte, by hul plaashek langs die pad het hul 'n feit vasgelê, sommer handgeskrewe teen 'n klipformasie JESUS LEEF – JESUS HET JOU LIEF en dan besef jy weer opnuut, jy bly in 'n mooi land, 'n land met hoop want daar is liefde.

Die reuk van die dood is treffend, slaan jou asem weg en roof jou van jou eetlus.

Die brûe wat ons oorsteek lê droog, eindeloos en genadeloos lê riviere van sand, afwagtend op sy volgende slagoffer.

Rustig ry ons aan, alleen op die lang uitgerekte, seinlose vlaktes, en dis juis hier, in die middel van nêrens waar jou voertuig onklaar raak en jy wees gelaat word.

Tegnologies Gestremd

Anne-Marie Twigge

Ek het lankal vrede gemaak met die feit dat ek 'n babyboomer is en daarom "partykeer" tegnologies gestremd is. Moet erken dat baie van hierdie nuwe "trends" my somtyds regtig uit "freak". Daar is ons toe in 'n anderland, met die son wat op die verkeerde kant opkom. Jy ry aan die verkeerde kant of is dit nou die regte kant van die pad en ons aan die verkeerde kant, wie weet?

Engeland is mos baie ouer so ons neem aan hulle het eerste reg op wat`s reg en wat is verkeerd, Kanada het altyd links gery maar het dit verander omdat hulle aan Amerika grens en met die oorgang van een land na die ander het dit later verander om dieselfde as Amerika te wees. Nou is jy in die luukse motor met knoppies en knoppies. As jy die knop so draai word jou kant van die motor so warm of koud, druk die knop en draai na die anderkant dan word jou sitplek hier onder jou gesellig warm, so jy skrik nie vir die amper - 30 nie. Jy moet heeltyd kophou, watter knop vir watter funksie. Maklik as jy dit elke dag doen.

Goed nou is ons op pad hospitaal toe, om die nuwe baba te ontmoet, het net-net betyds ingevlieg en is nog taamlik vlugvoos na die lang vlug waar jy gister vertrek deur vandag vlieg en môre land, my kinders se nuwe tuiste Kanada, dit is nou al amper ons slaaptyd so die brein is ook nie meer so wakker nie, nadat ons met moeite die TV aan en op Netflix, nee nie ons nie ons moes die kleinkind van 7 'n paar keer vra om te help, 'n fliek of twee terwyl ons wag vir nuus. Toe dit tyd is om te ry skarrel ons rond vergeet iets in die huis, kry nie die deur wat met 'n kode werk oop nie, omdat ek nie hard genoeg druk nie.

Eindelik is die "grandparents", ander ouma van Engeland is ook hier, so ons kan nie eers sê twee koppe is beter as een nie ons is drie koppe, uiteindelik in die fancy motor met al sy katoetertjies, wat die vorige dag vir 'n diens was en nou sit die ligte nie outomaties aan nie. Gelukkig is die oupa agter die stuur, maar hy is seker die ligte brand nie, ouma verseker hom die ligte brand, maar dis net die straatligte, nou vroetel ons met al die knoppies die ruitveërs voor en agter begin werk, gids waar sit dit nou af. Ons moet langs die pad stop om seker te maak dat die ligte werk, en oplaas op pad met ligte.

Navigasie is gelukkig klaar ingestel, en al wat ons moes doen is hierdie knoppie en daardie knoppie en jy is in, dit werk nie ons mis iets, oor en oor doen ons die stappe soos verduidelik, "Oema," die Kanadesie sukkel bietjie met die Afrikaanse ou klank, " you forgot to press the flag" kom dit van die 7-jarige, o ja die "flag" press en siedaar ons is in die sisteempie, die stem met die aksent kan ons lei deur hierdie vreemde paaie, moes eers 'n oproep of twee maak om die radio sagter te kry sodat ons kan hoor, bietjie moeilik om die pad te sien as jy met jou oor teen die navigasie moet sit omdat jy so doof is, en die vliegtuig se enjin dreun nog steeds in die ore.

En deur al die sukkel sit die kleinkind doodstil, en bekyk die gedoentes van hierdie oumas en oupa, wat met hierdie alledaagse goed sukkel.

'n Week of wat later toe alles amper vergete is en ons nou al mooi regkom met al hierdie vreemde tegnologie en Klara wat ons heeltyd herinner druk die vlaggie, sit ons aan tafel, waar ek toe 'n voorstel aan Klara maak dat ons miskien na ete bietjie Lego's kan bou. Sy bly so rukkie stil en sê net sugtend. "You grandparents can`t even start a car how are you going to build Lego's" Pappa stik amper aan sy kos, soos hy proes van die lag. Hoe sê hulle uit die mond van die suigeling sal jy die waarheid hoor.

Om vir jou so Lief te kan Hê

Betty du Plessis

Nou kyk ek is maar net ek. 'n Jong standerd 8 meisie met baie drome. My mond wat my altyd in die steek laat oor ek sonder om te dink altyd reageer. Ek wou nog altyd my storie op skrif stel en vir wêreld vertel wat jy vir my beteken.

Van daai eerste oogopslag het jy geweet jy is lief vir my. Wou jy vir almal wys en sê hierdie is my trou vrou. Ek die wille een wat my ma altyd gespot en gesê het vir jou sal ons moet dophou en natuurlik hier is 'n besem as jy wil gatskuur. Ons was bloedjonk man. Wie wou weet van trou en ware liefde vind. Maar jy het altyd geweet.

My skool liefde, ware ek en jy. Ons liefde het deur dik en dun sterk gestaan. Ek onthou my ma se woorde so duidelik... daai jong aantreklike polisie mannetjie vars uit die SAPD in Pretoria. Aan julle twee is daar geen jam te smeer nie.

Daar was 'n tyd wat trane gerol het, gesmeek en soebat met 'n plakkaat teen my kamer deur. Gertjie wanneer kom ons troudag? En toe die aand met ons verlowing, ek beplan jou 21 ste en jy slaan my voete onder my uit. Jou geskiedenis onnie vir 'n seremonie meester het dit goed afgerond, want ons liefde is sterker as enige iets. Twee jaar later kom my en

Gertjie se troudag. Die mooiste dag ooit. Alles perfek. Ek glo in my hart ek was die gelukkigste bruid ooit. Jy kon nie die lag van my gesig af vee soos ek gestraal het nie.

Met al die skelm vry oor die jare wie sou dink dat meer trane sou rol, omdat ons so graag 'n klein weergawe van ons wou hê, dat ons sou moes wag op dit waaroor ons so lank oor gedroom en hoop het. Maande se behandeling se frustrasie, hoop en gebed en toe daai een dag. Mevrou jy is verseker swanger. Na vyf behandelings en die heelal se wonderwerk gaan ons Pa en Ma word. Daai gevoel onbeskryflik groot. Jou gesigsuitdrukking, hier is nie een nie, hier is twee en 2-minute nee wag hier kruip 'n derde een weg. 'n Drieling...

As ek alles in een klap kon vasvang wat ek en jy saam beleef... geen woord of daad kan dit beskryf. Van die oomblik toe dokter sê twee dogters en 'n seun na jou gesig wat ek nooit sal vergeet in my binneste diepste. Daai dag op die badkamer vloer ek wat brakend sit en God prys oor ek as mamma "morning sickness" kry. My God, my God dankie vir my drie engeltjies.

Tot die Woensdag nag tot alles skielik begin gebeur. Ek so groot soos 'n olifant en jy steeds stap vir stap aan my sy. Tot die oggend wat ek snakkend na asem soek en wag vir jou gesig om die kamer muur. En die dokter se woorde, jy het goed gedoen, maar dis tyd. My man ek sal daai dag vir altyd koester toe ek kon sien jy wil gryp na 'n laaste sigaretjie want dis tyd om jou pa-wees skoene aan te trek.

Jy was elke oomblik by my, jy het elke oomblik na my omgesien met jou oë agter die teater masker. Afgesien van die dokters het ek geweet jy was daar en dit alleen was vir my meer as genoeg. Die eerste asempie skreeu, die trane oor jou wange, en toe tweede ons seun meer trane en die stywer handdruk en tog die ene bewerasie. En toe die laaste blom, nou is alles vervolmaak.

Skielik die skok op my liggaam. Die bloed wat vloei en 'n gasmasker oor my gesig. Ek voel hoe ek wegsink, maar my hart is tevrede. Die krag van sterk wees om ma te wees is vir 'n sekonde uit my uit. Soos wat ek wegsink in diepe slaap, was dit jy, ons kinders elke liewe stilstaande oomblik.

En toe die oomblik van wakker word. 'n Kamer vol mense en steeds die gesnak na asem. Jou vrou kort bloed, jy het direk moue opgerol soos altyd bereid om vir my te baklei.

Jy was my dryfkrag my motivering. Dis jy wat agter my staan en ek wat voortgedreun het. Elke oomblik het jy tussen my en ons babas gegaan. Het jy vir geen oomblik selfsugtig gestaan. Babes jy moet net sien... die klein bietjie hoopvol nuus wat jy kom vertel met jou oë wat van trots net straal.

Weereens jy wat my daai standvastige dryf gebied het om op te staan. Aan te hou sterk opstaan. Van daai eerste oomblik saam in die neo saal tot waar hulle

nou amper volwasse mensies op 18 staan. Jy is nog altyd my beste alles. Jy is nog altyd altyd altyd...
Onthou jy daai eerste vuil doek, daai modderkoekies bak en natuurlik die dag toe een van hulle stik. Daai dag op die Memel pad toe alles en nog vol ... was. My woorde, ry daar is niks wat ons kan doen die huis om die draai.

My man jy sal altyd ons superhero bly. Jy sal altyd die heel beste wees en my grootste sielsgenoot een in vlees. Jy is meer as net 'n man en 'n pa, jy is 'n man van God een wat Sy wil en daai gevoel van absolute vervulling dra. Ek sal jou vir altyd lief hê.

Inperking – Dag 12

Christelle Cloete

Vanoggend terwyl ek stort het ek 'n "openbaring van epidermiese proporsies" gehad! Hierdie inperkings-fiksheids-behepte mense verstaan die konsep heeltemal verkeerd! Wie het nou nodig om tuin-oefeninge te doen as jy net twee keer per dag kan gaan stort en boonop 'n vol "work-out", van kop tot toon kan kry?

En hier is die feite:

1. Eerstens doen jy strek oefeninge om uit die kooi te kom voor jy al strompelend jou pad badkamer toe voel, en as daar nagkabaai is om uit te trek, slaan jy sommer 'n paar yoga posisies ook in – so opwarming is gedoen.

2. Dan klim jy in die stort in en dans bietjie rond terwyl water op temperatuur kom.

3. Genade, as daai eerste stroom warmwater jou lyf so tref – ogies trek skeel van lekkerte!

4. Dan begin die regte oefeninge – dink daaraan – elke spier kry oefeninge want jou gesig word geskrop, jou hare word gewas, lyf op en af gevryf met die spons, voete word geskrop – jy balanseer op een been, jy buk om seep op te tel wat gereeld val, jy haal gimnastiek-poses uit om agter by te kom, strek om seep af te spoel, skud en vryf al die ekstra water af – nog voordat jy na die handdoeke gryp!

5.	Jy eindig jou stort met 'n danssessie af – jy 'boogie' en 'twist' om droog te word en kry nog so paar strekke vir oulaas in om al die holtes droog te kry.

6.	Teen daai tyd is jy lekker opgewarm en gereed om al die afkoel oefeninge te doen.

7.	Ek doen gewoonlik 'n halwe tandeborsel hierna, want daar moet nog ge-koffie en ge-brekfis word, so nog 'n paar nek- en- armoefeninge word ingewerk.

8.	Vader ons, vroumense het darem 'issues"! Dis 'n saamtrekmiddel op die gesig voor die vogroom aangevryf word. En moenie van die gesigsmassering vergeet nie (plooie en hangvelle is 'n werklikheid, maak nie saak hoe breed die hoed se rand is nie)!

9.	Lyfroom, voor, agter, op, af en onder – die soort vir die dag en daai soort vir die aand.

10.	Poeier, onderarm geursel en 'n laaste lopie deur 'n wasem parfuum voor die volgende reeks oefeninge begin!

11.	Brein-gym! Hoe lyk die weer, wat sal ek aantrek? Blaai deur jou klere, voel hier, vat daar, skuif weg. Sal jy 'colour co-ordinate', kort- of- langklere – mense, jou brein is moeg nog voor jy uit die kamer kom! Dan is daar nog nie eens bykomstighede nie!

12.	Dan kom die laaste deel van die oefensessie – worstel in die kledingstukke in, kyk in die spieël, draai links, draai regs, staan nader, treë terug – nee, die selluliet wys te veel! Sug! Begin die proses van voor af!

13.	Verbeel jou nou as ek nog grimering ook gebruik het – dis 'n hele reeks verskillende bewegings!

14.   Ag, bogger dit, spaar waspoeier, water en klere – trek 'n 'sarong' aan en sleep plakkies vir jou voete nader!

Daar het jy dit – 30 minute se oefeninge, twee keer per dag – dalk nie saans nie want slaapklere is maklik – maar glo my, die proses bly dieselfde. My man kyk my een aand so skeef aan en skud net sy kop in verwondering dat ek dit daagliks doen en presies weet wat gaan waar. Ja, sê ek so ewe vir hom, met houding natuurlik – kyk net waardeur ons vrouens gaan om vir julle aanvaarbaar te lyk! En ewe droog draai hy hom, stort gou, droog af, borsel tande, spuit onderarmgoed aan en klim innie kooi, so asof hy een of ander punt vir my wil bewys of 'n verskuilde boodskap stuur??

My nuwe 'mantra' – staan op, trek aan, daag op. My besluit vir 'inperking' is – ek bêre my 10 witklippies (wat ek gebruik het om my rondtes mee af te tel as ek om die huis stap) en ek stort net twee keer per dag, 24/7/365, en eet maar die Brownies wat my kind leer bak het, sonder om skuldig te voel.

Vrydag – Vlak 4 – Vryheid – Of is dit?

Christelle Cloete

Dis asof die ark se deure wyd oopgeswaai het en alle lewende wesens het uitgekruip! Die opgewondenheid van vrylating was vanoggend op 'n rustige manier aanvoelbaar of is dit tasbaar, in ons normaalweg stil woonbuurt. Dis nog donkerig teen 7:00 soggens, alhoewel die son al sy strale wys in die ooste. Dit was ook glad nie so koel nie, so ek is op 'n vrolike drafstappie uit die huis uit vir my 'ingeperkte' 5km stappie.

Kyk, mens, dier en voël is by hul hekke/neste uit: mans, vrouens, oupa, ouma, wit, swart, oud, jonk, hônne! Tot die windplaas se turbine arms swaai rustig in die briesie. Mense stap rustig, ander draf van plesier, paar ry fiets, ander lei hônne aan leibande, of lei die vierpoot kinners vandag vir Pa straat af? Gelukkig het ek my sonbril op anders was ek nou dalk verblind gewees – ek het nie geweet daar bestaan soveel neon kleure vir sportdrag nie, een mooier as die ander!

Ek verwonder my aan al die dames wat een kaler as die ander wil wees; manne heel bedees in hul kortbroeke en T-hemde; ouer mense is toe-ge-zip van nek tot toon - en raai net - helfte dra maskers reg op hul gesigte, ander s 'n hang onder die ken en natuurlik die wat dink hulle is verhewe bo die res want hulle het nie nodig om een te dra nie!

Daar was 'n klompie mense wat jy kon eien as drentelaars – hulle is buite omdat hulle mag wees – onse leier het dan gesê ons mag wees – hulle staan stil en bewonder plante of wys na die verskillende voëlsoorte wat ook uit hul neste gevlieg het: van seemeeue, wilde ganse, hadidas, tarentale tot kraaie. Dan sien jy die ernstige drawwer – gefokus, oorfone in, pet op die kop, foon op die arm vasgemaak, arms pomp soos hulle hol. Tot die fietsryers is uitgedos met valhelm, handskoene en veiligheidsbaadjies aan. Die 'power walkers' kyk nie links of regs nie! Soos die tyd aanstap kom die gesinne te voorskyn – Pa en Ma en swetterjoel kleintjies wat heel bedees saamloop, bang, asof hulle die omvang van die 'vrylating' in eerbied bewonder en niks verkeerd wil doen nie vir ingeval dit weggeneem word.

Party van die ouers is total verveeld en ander nog steeds op hul fone, sien nie eens wat om hulle aangaan nie! En dan, my gunsteling – daai eensame man, die skouers hang, die vingerpunte raak-raak aan die kniekoppe, voete sleep, 'ag, kry-my-tog-jammer-uitdrukking' op die gesig, min lus vir die storie – maar Mammie het gesê, uit, uit die huis jou luigat en jy kom eers 9:00 terug! Op hierdie straathoek kry 'n paar gou 'n geselsie in. Af in die straat het 'n klomp jong rugbyspelers 'n bal saam en 'pass' heen-en-weer oor die pad vir mekaar so al op 'n draffie – 'n man moet darem fiks bly vir die nuwe seisoen, as hy ooit begin!

Daar stoot Oupa sy klein kindjie wat op 'n plêstiek driewiel sit, rustig op hul tyd, drink elke oomblik in, neem foto's met die oë vir later se weer kyk! Ek was verstom oor hoeveel mense wel die moeite gedoen het om met die hand te groet-waai of selfs hardop gegroet het, maar natuurlik ook daai paar 'snobs' gekry wat anderkant toe kyk want hulle is mos 'onsigbaar'!

My 'playlist' het vanoggend gaan vashaak op Hillsong Worship, wou niks weet van 'songs shuffle' nie, en dis nie noodwendig 'n sleg ding om te gebeur nie! Die twee liedjies wat my bybly vandag is: "King of Kings" – die lirieke spreek vir my boekdele oor die situasie waarin ons onsself bevind – "…in the darkness we were waiting, without hope, without light, till from heaven You came running, there was mercy in Your eyes …"; en "Every Breath" – "…fill my lungs with the wind of His Spirit …my every breath will worship You…Trust You…". As dit al is wat ons het, Hoop, Genade, Geloof, dan is dit ook genoeg.

En ek, ek was weer links van die regering en het besluit om op ons werfie te bly – ek loop op gelyke vlak, om hoeke en draaie, opdraand en af, sien mooi plante, hoor en sien die voëls, die twee hondekinders my getroue metgeselle, en ek het nie nodig om my masker te dra nie want ek is veilig en beskerm agter my mure. En die kraai – hy sit hoog op die lamppaal en slaan alles so gade met sy geel oog, en lag vir ons wat vir so 'n kort rukkie daagliks uit ons neste mag vlieg! En skielik voel ek moer, moerig omdat my 'stiltetyd, alleentyd, looptyd' versteur is deur al hierdie vreemde mense wat uit is omdat hulle gesê is hulle mag wees – ek sien hulle nooit andersins nie, hoekom juis nou? Hulle dink seker ek is 'weird' verby, om om ons huis te stap in stede daarvan om op die pad te wees soos hulle – wie gee om, ek is gelukkig, en ek gun hulle die uitkoms, en ek sal weer beter voel hieroor want ek besef ek was sommer net simpel-selfsugtig op daai oomblik gewees! Miskien moet ek soggens om 6:00 begin loop, dis nog veels te donker om alleen op die pad te wees in elk geval, dan eien ek weer my tyd vir myself en Abba Vader toe.

Na my stort-oefensessie, staan ek voor die spiéël om my oorbelletjies in te sit en skielik vang dit my, die ringetjie wat deur die gaatjie gedruk word lyk soos 'n klein 'boei', en ek raak hartseer oor alles, ons Vryheid wat nog nie vry is nie; oor almal wat hierdeur geraak word, erg finansieel getref word, al die verlore tyd, al die veranderinge wat plaasvind en ek wonder, sal ons ooit weer dieselfde kan wees? Ek sal hopelik 'n paar kilo's ligter wees want ek het my 50km gehaal vandag, en as ek dit kan volhou, wie weet – '60, the new 40, stywe langbroek en dalk blonde hare daarby!

Boeta-Jan

Coen Volgraaff

Boeta-Jan was al die jare van sy lewe 'n treindrywer. 'n Masjinis so na 'n mens se hart. Van kleinsaf was dit sy begeerte om die groot ou enjin onder sy voete te voel brul en beur en om oor die wye vlaktes daarmee te ry. Na skool het hy by die spoorwegmaatskappy aangesluit en soos almal maar onder begin as 'n stoker.

Boeta-Jan was nie net 'n treindrywer nie, hy was 'n uitstekende masjinis. Altyd op tyd en nougeset het hy die wiele aan die rol gehou. Pligsgetrou was hy en het die veiligheid van sy passasiers eerste gestel. Sy werkgewer het dit vroeg-vroeg opgemerk en dit was nie lank nie of hy het die weelde op wiele, naamlik die Bloutrein se drywer geword.

Sy swartmerrie, soos hy die groot swart lokomotief genoem het, het altyd geblink. Binne in die stuurkajuit was die koper handvatsels silwerskoon.

Die jare het egter ook vir Boeta-Jan aangestap. Soos vir almal van ons het die dag aangebreek dat hy moes aftree. Dit was vir hom baie swaar om afskeid te neem van sy kollegas en nog swaarder van sy geliefde lokomotief wat hy oor baie jare bestuur het.

Toe ek hom daaroor uitvra het hy filosofies opgemerk dat die lewe een groot teaterspel is. "Daar is baie akteurs", het hy gesê. "Spelers soos ek en jy en al die mense daarbuite. Party kry die rol van geneesheer, ander weer bankbestuurder of apteker. Nou ja, die karakter wat ek gespeel het, was dié van 'n treindrywer en nou moet ek plek maak vir die volgende man om verder te speel. Van nou af speel ek 'n pensioenaris. Maar ek gaan nie stil sit nie, Boeta. Ek wil nog 'n paar goed versamel en nou het ek baie tyd."

Vir die een of ander rede het Boeta-Jan nooit sovêr gekom om in die huwelik te tree nie. Hy was tog 'n heel aantreklike kêrel met 'n goue hart en 'n goeie inkomste. Toe ek hom daarna vra, het hy gesê: "Nee, Boeta, daar was net nooit tyd daarvoor nie."

Die goed waarvan hy gepraat het wat hy nog bymekaar wou maak, was teelepeltjies. Met groot entoesiasme het hy na dié skepdingetjie gesoek. Teen die mure van sy spoorweghuisie was honderde lepeltjies gemonteer. Die resultaat van jare se ononderbroke soek en versamel. Elke een van die lepeltjies het anders gelyk. Op elkeen se handvatsel 'n ander patroon. Boeta-Jan se vriende het almal geweet van dié gier en het maar te graag hulle lepels vir hom gegee. Van oral oor het hy gekry, selfs van oorsee het kennisse lepeltjies gebring.

Maar Boeta-Jan se eintlike groot liefde was horlosies. Nie arm-horlosies nie.... nie sakhorlosies....muurhorlosie. Oral in sy huis het hulle gehang. In die sitkamer, in die gang en selfs in die kombuis en slaapkamers.

As die uur aanbreek, het hulle begin slaan. By party het 'n koek-koek uit die binneste van die horlosie te voorskyn gespring. Sommige het redelik gelyktydig begin slaan, ander het vroeër of later ingeval.

Daar was een wat altyd laat was. As al die ander klaar die ure afgetel het, het dié enetjie van vooraf begin. Waarom Boeta-Jan hom nie reggestel het nie, weet ek nie.

Gewoonlik was ons verplig om terwyl die klokkespel aan die gang was, ons gesprek te onderbreek en in stilte te wag tot die laaste horlosie die laaste slag geslaan het. Dan het ons weer voortgegaan met die geselsery. Toe ek hom vra waar sy liefde vir horlosies vandaan kom, het hy weer begin filosofeer. "My ou hart is ook maar net 'n wekker soos hierdie een," het hy gesê en liefderyk oor een van sy geelhout pronkstukke gevryf.

"'n Horlosie is 'n simbool van my hart en my hart loop nou al ses en sewentig jaar. En weet jy wat? Die groot Horlosiemaker wen hom nog steeds op. Wie weet, hy kan miskien nog baie jare tik-tak-tik-tak."

Boeta-Jan se bure het hom in sy huisie se agterplaas gekry. Hulle het hom vir 'n dag of wat nie met 'n oog gesien nie. Dit was vreemd, want hy het elke dag in sy tuin gewerskaf.

Boeta-Jan het op sy maag gelê. Sy gesig plat in die rooi grond. Hy was dood. Die wekker in sy borskas het gaan staan.

Die begrafnis was 5uur.

Nog 'n akteur is finaal uit die storie geskryf, het ek gedink. Hy het sy rol goed en met oorgawe gespeel, daarvan was ek seker.

Soos almal van ons het hy ook seker baie dae nie die teks onthou nie. Het hy nie met die regisseur se besluite saamgestem nie. het medespelers hom ontstig en kwaad gemaak, maar hy het aanhou speel tot die einde.

Toe ons na die begrafnis by sy huis aankom, was dit presies 6uur. Die groot staanhorlosie in die hoek van die sitkamer het eerste begin slaan. Toe het die ander horlosies een na die ander ingeval.

In die gang, in sy slaapkamer en toe almal klaar was, het ons nog gewag. Ons het geduldig gewag vir die een wat altyd laat was. Teen die mure het dosyne teelepeltjies in die dowwe lig geblink.

Toe was dit stil, doodstil in Boeta-Jan se huisie....

Die Meerkat wat Ge-hike het:

Elize Barnard

Ek is op pad terug van die stad af en het net die afdraai na die plaas gevat, toe ek 'n meerkat langs die soom van die pad gewaar. My eerste gedagte is dat die arme dingetjie moeg, moedeloos en honger lyk. My moederhart kry hom so jammer en die gedagte kom by my op of hy dalk 'n saamrygeleentheid soek. Dis toe dat hy hom tot sy volle lengte strek en nog 'n bietjie nader aan die teerpad beweeg.

"Sjoe! Jy sal mos doodgery word, so naby aan die pad!" raas ek, alhoewel hy my nie kan hoor nie. Voor ek my kon kry, hou ek langs hom stil, maak die passasiersdeur oop en vra: "Wil jy saamry?" So asof hy my verstaan, spring hy in en gaan sit so ewe. Skoon stomgeslaan, neem dit effens langer om te registreer om die deur weer toe te maak. Dit gedoen, trek ek versigtig weg, te bang die meerkat maak skielike bewegings en ons verongeluk.

Ons ry 'n ruk in stilte. "Te vreeslik dat die veld so afgebrand word nè?" vra ek die dingetjie langs my so ewe. Hy draai sy gesiggie na my toe en ek kon sweer hy knik so ewe sy koppie. "Jou familie doodgebrand en is jy nou alleen?" wil ek met 'n knop in my keel weet. So wraggies draai hy weer sy koppie na my toe, maar die keer sien ek trane in sy ogies. "Jong mense is vreeslike goed!" raas ek sommer nou en die arme dingetjie spring teen die deur vas van skrik. "Jammer, ek wou jou nie laat skrik het nie." en beduie op die sitplek langs my. "Kom, kom sit maar weer. Ek sal sagter praat." Hy skuif weer terug op sy plek. Ons ry in stilte verder tot voor die huis.

Ek vat my handsak en aankope en net voor ek die deur toemaak, sê ek vir hom: "Ek laat die venster so effens oop, as jy lus het om in te kom, jy is meer as welkom. Ek sal in die kombuis wees." Met die beweeg ek huis se kant toe. Die honde kom ruik aan die bakkie, want hulle het agter gekom daar is iets vreemds binne in die bakkie wat hulle nie ken nie. "Los uit! Kom hier!" verskreeu ek hulle in my benoudheid. Te bang die meerkat verdwyn. My wederhelf wil so graag 'n ou meerkatjie hê en nou het die enetjie as te ware in my skoot beland.

Ek is besig met die groente en vleis vir aandete, toe ek 'n geknibbel op die toonbank hoor. Die meerkat staan so wrintiewaar en blaarslaai eet dat die water so spat.

"Ag shame man is jy honger?" vra ek hom so ewe. As antwoord gryp hy nog 'n blaar in die ander handjie. "Ja jong, daar is seker niks kos beskikbaar in die veld nie. Alles word mos altyd afgebrand. Ek kry julle so jammer." So tussen die gesels deur word die aandete klaar gemaak.
Ek gaan sit toe op 'n stoel naby die toonbank met my koppie tee en gesels die arme meerkat se ore van sy

kop af. "Ek gaan jou van nou af Polla noem. Reg so?"
Hy kyk my vir 'n oomblik en vroetel toe verder deur die
groente skille wat ek nog nie weggegooi het nie. Ek
weet mos nie wat eet meerkatte nie. Hy moet tog nie
skrik en weg hardloop nie. Ek is bang die honde kry
hom in die hande. Naderhand hoor ek nie meer die
gekouery nie.

Ek staan saggies op om inspeksie te doen. So by my
kool! Hy lê op die vadoek en slaap. Ek loop op my tone
uit die kombuis, eers nadat ek dubbel seker gemaak
het die honde kan nêrens inkom nie.

Toe manlief by die huis kom nooi ek hom kombuis toe.
Ek vra hom om absoluut saggies te loop en nie
skielike bewegings te maak nie. Hy is só nuuskierig en
loop toe soos 'n trapsuutjie al agter my aan die
kombuis binne. Groot was sy verbasing om die
meerkat op ons kombuis toonbank te kry. Ek beduie
dat ons sitkamer toe moet gaan. Daar vertel ek hom
hoe dit gebeur het dat die meerkat nou in ons huis is.
Hy kan dit absoluut nie glo nie.

So kom dit toe dat die meerkat in en uit my kombuis
beweeg, sonder dat die honde snuf in die neus kry of
enige poging kan aanwend om hom van kant te maak.
Dis 'n baie vernuftige meerkat, want die honde hou
net mooi niks van voëls of katte in ons erf nie. Hy moet
dus meer as die spreekwoordelike nege lewens hê,
waarop die katte so roem.

Met die somer nou op hande, die grasvelde groen en die bome wat bot, bly ons meerkat 'n bietjie langer weg as wat hy gewoonlik doen. Manlief mis hom kan ek sien. Ek sê maar niks, want ek voel self benoud en die swart gedagtes wil die oorhand kry dat hy dalk dood is. Ek slaan dit terstond "dood" met my broodplank, wat ek nadersleep om met aandete te begin. Ek is nog besig met die afspoel van die groente en met die terugdraai toonbank toe, sit Polla op die toonbank en nie net hy nie, hulle is nou drie.

Ek skrik so groot dat die groente mes amper uit my hand val. "Goeiste Polla, hoe laat jy my nou skrik!" praat ek sommer weer met die meerkat. "Is dit jou nuwe familie?" Die meerkat se ogies blink en hy help homself aan die groenteskille wat op die broodplank lê.

Nou ja, die ander tweetjies laat nie op hul wag nie en vat ook handjies vol vir hulself. Ek nooi hul toe plegtig uit dat hul meer as welkom is in ons huis. Wat 'n verligting dat die meerkat nog leef. Hy is veilig en nie dood nie en boonop het hy 'n familie ryker geword. Wonderlik! Die vuur het geneem, maar die natuur het weer terug gegee.

Aura

Hester Steenkamp

Een bloedige, bloedige Januarie middag, net na 14:00, staan ek in Mariental se poskantoor om seëls te koop. Ja, seëls van alle dinge. Nou enige een wat al 'n Januarie middag in Mariental beleef het, sal verstaan dat bloedig nie werklik goed genoeg beskryf wat die temperatuur was nie. Dit is 'n tipe hitte wat jou van buite sowel as van binne af gaarmaak. Dis 'n dodelike hitte. Ek kán dit eintlik selfs nog beter verduidelik, maar my dominee lees ook Hakieshart (my blog), so ek sal bietjie terughou. Ons sê maar net dit was onmenslik warm.

Ons het pas terug gekom van Stampriet af, waar ons die kinders by die koshuis gaan haal het vir die naweek, en Retseh, ons oudste dogter, wil opsluit seëls hê sodat sy haar Afrikaans boeke kan oortrek, want so aan die begin van die jaar is dit mos wat ons doen. Afrikaans was haar gunsteling vak en daar is baie moeite met die boeke gedoen. So terwyl ek die gelukkige wenner is wat die seëls moet gaan koop, sit Pa en die dogters in die kar voor die poskantoor.

En daar staan ek toe, hoogs gefrustreerd met die feit dat daar net een persoon agter die toonbank is terwyl daar 'n ellelange ry is, ek is angstig oor ek weet my gesin sit en smelt in die kar, ek is kort duskant kookpunt van die hitte en baie lywe in die gebou en ek is haastig, want ons moet tuis kom sodat die wasgoed gewas kan word voor dit te laat raak, want ons het sonkrag. So ek staan daar met dun nerwe. Baie, baie dun nerwe.

Voor my in die ry was seker 'n goeie agt of nege mense, en agter my ook soveel. Die volgende oomblik stap daar 'n Rasta man in. 'n Properse Rasta, kompleet met die dreadlocks, die veelkleurige gestreepte mus en 'n heldergeel T-hemp met Jimi Hendrix se gesig op. Ek verkyk my so bietjie aan hom, want in al my jare wat ek hier bly, het ek nog nooit 'n Nama Rasta (of is dit dalk 'n Rasta Nama?) gesien nie. Ek is egter gou weer terug op my frustrasievlak wat diep in die rooi is, want vandat ek daar staan, het die ry nog nie een aks vorentoe beweeg nie. Die verergdheid borrel in my binneste. Ek kook, die gesin smelt, die tyd loop aan en die ry staan botstil.

Na 'n paar minute vat iemand sag aan my skouer en met die kykslag sien ek maar dis Rastaman. Hy kyk my intens in my oë met 'n uitdrukking op sy gesig wat ek net as besorgdheid kan beskryf. Hy leun effens nader en sê: "Mevrou? Mevrou moet bedaar. Mevrou se aura is swart. Pikswart!" Vir 'n paar lang oomblikke kyk ons net vir mekaar, want woorde het ek nie gehad nie. Toe my brein weer begin werk, knik ek toe maar net my kop en sê: "Ek glo jou. Ek het nie die gawe om auras te sien nie, maar ek kan vóél my aura is swart." Ek het net daar in my spore omgedraai en uitgestap. Toe gaan klim ek in die kar en sê vir Retseh: "Jammer

Pop, my aura is swart. Die seëlding gaan nie vandag gebeur nie."

Na daardie dag het ek hom nooit weer gesien nie. Dit was 'n vreemde en onverwagse ontmoeting, en ek het lank daarna nog uitgekyk vir hom, maar geen teken ooit weer van hom gesien nie. Ek sou graag vir hom wou gaan vra watter kleur my aura nou is. Die swart aura het my nogal bekommer.

Ek het hom ook nooit vergeet nie, want sodra ek effe opgewerk raak oor dinge, herinner Johnnie, hy wederhelfte, my graag aan my swart aura. Maar die laaste tyd dink ek meer gereeld aan my Rastaman, want met al die dinge wat nou gebeur en die goed wat ek elke dag sien, hoor en lees, kan ek voel my aura is weer swart. Pikswart!

Pyn

Hester Steenkamp

Een Saterdagoggend, baie vroeg, gryp Johnnie, my man, my aan my arm en sê: "Jy moet my nóú dokter toe vat!" Vir 'n oomblik raak alles in my stil, want in al die jare wat ons getroud is, is dit die eerste keer dat hy so iets sê. Hy is een van daardie gelukkiges wat nie pyn ken nie. Hy weet nie wat is kopseer of rugpyn of tandpyn nie. Hy raak nooit siek nie en drink nooit 'n pil nie. Hy is net 'n witbroodjie wat dit aanbetref. Toe ons oudste dogter op universiteit was, het sy gereken haar pa raak nou oud en moet ten minste sy oë laat toets. Dis mos nou 'n gegewe dat dinge begin agteruit gaan in die middeljare. Ons vat hom toe oogarts toe – onder protes. Die arts het haar masjien nader getrek en gedraai en gestel, en na 'n rukkie het sy terug gestaan en gesê: "Meneer Steenkamp, jy het oë soos 'n arend!" Dit toe daar gelaat.

In elk geval, ek vlieg uit die bed uit, trek haastig aan en stap na die kinders se kamers toe. Ek sit 'n vals glimlag op my gesig en maak hulle liefies wakker en verduidelik dat Pa 'n pyn het en dat ek hom gou dokter toe vat, maar dat hulle rustig verder kan slaap, want alles gaan oukei wees. Altwee kom vervaard uit hulle beddens, want ook vir hulle gaan sirenes af, want ons ken nie daarvan dat Pa pyn nie. Ek verseker hulle toe dat als oukei is, maar my binneste bewe. Ons pak die grondpad dorp toe aan en ek is haastig, maar elke keer as ek 'n klip of gat in die pad raak ry, kreun en steun hy hier langs my. Dan lig ek eers my voet so bietjie. Sodra hy stil raak, gee ek weer vet. En ek stres! Dis niks lekker om hom so te sien nie.

Aangekom in die dorp help ek hom by die spreekkamer in en verduidelik vir die ontvangsdame dat ons 'n noodgeval het en nie 'n afspraak het nie. Nee sê sy, als is reg, ons moet net so bietjie wag. Dit was voor die pes ons getref het en die spreekkamer was relatief stil. Ek sê vir Johnnie hy moet net wag, ek gaan net gou vulstasie toe, want hierdie is nou 'n onvoorsiene rit dorp toe en die brandstof gaan dit nie maak vir Maandag se skoolkar nie. Ek gaan maak toe vol en toe ek terug kom by die spreekkamer, sê Sylvia, die ontvangsdame, dat Johnnie in is, maar dat ek kan deurstap.

Sy wys in die rigting van die groot ondersoekkamer, nie die dokter se eie spreekkamer nie. Ek maak die deur saggies oop en stap in en sien die dokter is besig met hom, so ek gaan staan langs die deur met my rug teen die muur. Johnnie lê op sy sy op die bedjie, en die dokter is besig met die sonar, albei se rûe na my toe. Die dokter druk hier en Johnnie kreun, die dokter druk daar en Johnnie snak na sy asem. Dit voel my hart klop in stadige aksie van bang en ek kry hom so jammer. Ons gewone sterflinge ken mos van pyn, maar vir hom moet dit 'n aaklige nuwe ervaring wees. Ek staan en kyk met sagte oë na hom, baie benoud oor die dokter se bevinding. Biddend dat hy asseblief oukei moet wees.

Die dokter tel 'n groot glasbottel op en is besig om die vloeistof in 'n spuitnaald in te trek. Skielik laat sak hy die bottel en vra: "Johnnie, word jy nie vergiftig nie?"

En my dierbare man sê in 'n fyn pynstemmetjie: "Dit kan wees Dokter, my vrou kyk graag crime stories." Vir 'n volle halwe sekonde dog ek my gehoor het my in die steek gelaat, maar ek besef toe in die tweede helfte van daardie sekonde dat hy dit inderdaad gesê het. Onmiddellik vlieg al my jammerte by die venster uit.

Ek bulder daar van die deur af: "EKSKUUS?!" Toe gebeur alles gelyk. Die dokter swaai om en die bottel wat hy vasgehou het tol deur die lug en ontplof op die vloer. Johnnie rol om en kyk verstar deur toe. Altwee bleek geskrik. Toe kyk die dokter geskok grond toe en sê: "O donner, daai bottel kos duisende rande!" Ek is so verergd dat ek vere voel vir die bottel. Ek stap bedjie toe en gee lang treë oor die duur plas op die grond en maak vir Johnnie daar bymekaar en nes 'n stootskraper, hand op sy rug, stuur ek hom deur die spreekkamer tot by die kar. So in die verbygaan gooi ek net vir Sylvia 'n duim, want sy sal weet waarheen om die rekening te stuur. Ek gooi die bakkie in rat en ek vat die pad terug plaas toe.

Ek spoeg vuur soos 'n draak in die kar. Ek verduidelik vir Johnnie in geen onsekere terms hoe onverantwoordelik hy was om sulke goed te sê, want sê nou hy dood, dan gaan daar mos 'n doktersverslag én 'n polisieverslag wees, en die dokter gaan mos beslis sy vermoedens (en Johnnie se antwoord!) op daardie verslag neerpen! En dan is hy wat Johnnie is lekker dood en ék sit met die gebakte pere! Hulle gaan my eers toesluit, en dán vrae begin vra! Verder verduidelik ek toe in kleurvolle Afrikaans vir hom dat indien ek hom ooit sou wóú vergiftig, sou hy nie 'n ou pyntjie in sy sy gehad het nie. Hy sou net daar op die plek morsdood neergeslaan het, want ek is nou nie een wat dinge so bietjies-bietjies doen nie. En so ver as wat ek ry mik ek vir elke klip en gat in die pad, net om my woorde mooi te beklemtoon. Met die hele terugtog het daar nie een kreun of steun uit hom gekom nie.

Laat die middag lui die telefoon en met die dokter se geluk antwoord Johnnie self. Ek gaan staan hande in die sye langs hom en hou toesig oor sy gesprek. Die dokter verduidelik dat hy erg bekommerd is oor hom, want hy weet regtig nie wat skort nie, en hy wil net weet hoe hy nou voel. Johnnie sê toe dat hy baie beter voel en bedank die dokter vir die oproep. Die pyn is skoonveld.

So twee of drie maande gelede het hy my weer dokter toe laat jaag oor dieselfde pyn. Die hele pad dokter toe het ek mooi vir hom vertel wat hy mag en nié mag sê nie. Ons weet eintlik nog steeds nie wat dit veroorsaak nie, maar na 2 pynpille is die pyn toe weer weg tot vandag toe. So, as iemand wil weet, Johnnie is oukei. Ek het hom steeds nie vergiftig nie.

En net so terloops, indien julle ooit vir Johnnie hieroor
uitvra en hy vertel vir julle dat hy 'n grap gemaak het,
jok hy verskriklik! Dit was vir seker geen grap nie. Wie
het lus vir grappies maak terwyl jy krul van die pyn?
Laat ek julle nou maar vertel, dit was diepgewortelde
vrees!

Sidny

Hester Steenkamp

Ek sit eendag in die kar voor die koöperasie in die dorp. Dit was 'n lang, warm dag (dis altyd smiddae warm in ons dorp, al is dit winter) en ons is by die laaste winkel voor ons terug ry plaas toe. Ek grawe in die sakke op die agterste sitplek en ek haal 'n koeldrank uit, en net toe ek hom oopdraai en die eerste sluk vat, staan hier 'n Nama seun by my venster. Ek skat hom so nege of tien jaar oud. Hy kyk my met sy groot, bruin oë aan en vra: "!hûs, gee tog asseblief vir my 'n paar sentjies vir 'n broodjie."

My moed sak in my skoene, want hierdie !hûs het nou al al haar sentjies vir al die ander weggooi-kindertjies gegee. Ek vra hom wat is sy naam. Hy sê Sidny. Ek sê vir hom: "Sidny, ek het regtig nie meer meer geld nie. Ons gebruik kaarte en dit wat ek gehad het, het ek reeds weggegee."

Hy sê: "Nee Mevrou, dan is dit reg so, maar owe asseblief vir my die koeldrank." Ek draai die botteltjie toe en hou dit na hom toe uit, en sê vir hom dat ons dit eintlik glad nie meer moet doen nie, want Covid en al daai dinge, toe sê hy: "Nee Mevrou, daai is oraait, ek kies Corona bo honger." Dit was 'n harde hou. Tussen die oë. Toe sê ek vir hom: "Sidny, volgende keer. As ek weer dorp toe kom, bring ek vir jou iets."

Daar is baie dinge wat ek tog nie wil aankyk nie, en 'n verwaarloosde kind is heel bo-aan die lys. En daar waar ek beweeg, is tientalle van hulle. Oral. Te veel. Dit is vir my 'n bitter pil om te sluk. En om jou magteloosheid en hartseer en skuldgevoel weg te steek, raak jy kwaad en kort-af met hulle en verjaag hulle, want kom ons wees maar eerlik, hulle kan regtig lastig wees en hulle plaas jou in situasies waar jy nie wil wees nie. Ek probeer help gewoonlik met 'n broodjie of 'n vrug waar ek kan, maar dit het nooit 'n goeie einde nie, want hulle getalle vervierdubbel as jy net 'n greintjie genade betoon. Hulle voel swakheid aan. Dan verplig hulle jou om te wees wat jy nie wil wees nie, en dan móét jy kwaad word en hulle verjaag. Bose kringloop. Ek wil tog nie 'n honger kind verjaag nie, damnit! Johnnie het al vir my verduidelik dat ek nie almal kan red nie, en ek verstaan dit, maar dis kinders...

Twee weke later toe ek weer in die dorp kom en die bakkie se deur oopmaak by die heel eerste stop van die dag, hoor ek iemand sê: "Môre lhûs! Dis volgende keer!" Nou of hy vir twee weke lank die pad sit en dophou het, en of hy net vrek gelukkig was, weet ek nou nie, maar dit was inderdaad volgende keer. Toe gee ek vir Sidny 'n geldjie en 'n warmding wat ek uit Sandri se kas gehaal het.

Hy kyk my verras aan en sê: "Dankie Mevrou. Die Here sal vir mevrou seën." Ek weet dit maak nie sy lewe beter nie. Ek weet dit verander g 'n niks aan sy situasie nie, maar solank ek een dag in een kind se lewe net 'n klein bietjie meer draaglik kan maak, is dit oukei. Volgende keer is dit Gertjie, of Pietie, of enige een van die ander. Of dalk is Sidny weer gelukkig. Een op 'n slag. Vir een dag. En intussen is ek geseën, en dis goed genoeg vir my.

Die Mieliesakfort

Jenny Cornelius

My boetie Kevin en ek lê bo-op die sakke mielies in die winkel se stoorkamer en kyk grootoog en luister na baie stories wat in hierdie vertrek afspeel. Bongani vertel vir Pa dat die bus wat daagliks tussen ons kusdorpie en die stad pendel, sy boerbok doodgery het. Pa moet die 'polieste' roep want iemand moet 'bantaal' vir sy skade. Bongani het naderhand so heftig tekere gegaan dat dit amper gelyk het of hy Pa blameer vir sy verlies. Hoe meer hy wysgemaak word dat die bokke nie in die pad maar in die kraal hoort, hoe kwater het hierdie man geraak!

As 'n jongman het Pa Ernst 'n klein handelswinkeltjie op Thandabaai op die destydse Transkeikus gekoop. Al het Pa 'n wakker besigheidsbrein gehad was sy hart so klein soos 'n duifeiertjie as dit by jammerkry kom, maar so groot soos 'n bus as dit by vrygewigheid kom. Boetie en ek het vanaf ons uitkykpunt bo-op die groot sakke mielies dinge gesien wat nie altyd vir kinderogies bedoel was nie. Dikwels was albei van ons ouers onbewus van ons wegkruipery tussen die sakke mielies.

Daar het gereeld faksiegevegte tussen die verskillende Xhosastamme plaasgevind oor meesal onbenullighede. Een so 'n geveg was oor 'n man van een stam wat 'n ander stam se lid beskuldig het dat hy by sy meisie aanlê. Hul geliefkoosde wapen was 'n klein byltjie aan 'n lang stok wat hul oorlogsbyle genoem het. Ek was nog besig om my babapop Millie aan die slaap te maak terwyl Kevin met sy trokkie 'berge' oorgery toe ons skielik 'n aaklige geween gehoor het. 'n Man word ingedra met 'n kop wat oopgekloof is soos 'n waatlemoen.

Hierdie pasiënt is so toegestaan deur sy makkers dat ek nie kon sien toe Pa aan hom werk nie, miskien ook maar goed want dit moes 'n grusame toneel gewees het. Na 'n tyd word hierdie man uitgedra met 'n verband om sy kop – seker om die twee dele bymekaar te hou dat sy harsings nie uitloop nie! Pa het opdrag gegee dat hul die man vroeg die volgende oggend moes terugbring dat hy met die bus kan ry na die naaste hospitaal toe wat ongeveer 80 kilometer vêr was. Wel, glo dit of nie, maar hierdie man het oorleef - hoeveel breinskade hy opgedoen het sal niemand weet nie.

Een middag het 'n lywige boek met die bus gearriveer vir Pa. Hierdie was Pa se doktersboek wat hy uit Amerika bestel het genaamd Vitalogy. Hierdie boek, gedateer 1939 wat seker die eerste uitgee datum was, het name van poeiers, bossies en resepte vir kwale bevat. Meeste het Pa by 'n klein winkeltjie in die stad se onderdorp aangekoop. Ma Rina het ons kinders nooit toegelaat om saam met Pa na hierdie winkeltjie toe te gaan nie. Dit was donker en benoud en in die een hoekie het 'n ou man gesit wat vere en krale om sy kop en aan sy klere gehad het. Hy't ook so 'n snaakse, lang pyp gerook wat vieslik gestink het. Sommige van die bossies het in die veld gegroei en Ma het hulle op 'n lang tafel op die agterstoep gedroog. Menige sieke is uit hierdie boek gedokter en glo dit of nie, herstel!

Langs die motorhuis was daar 'n klein kamer waar Pa sy pasiënte ondersoek en behandel het. Hierdie besoekers het elke Donderdag al vroegoggend in rye gestaan en wag en dié wat te siek was het platgesit op die gras. Pa het nooit geld gevra nie maar dié wat iets besit het, het soms met 'n hoender of 'n boerbok betaal.

Die botteltjies het in rye op rakke teen die een muur gestaan en ek en Kevin het hierdie wondermiddels gefassineerd bewonder! Ek onthou soos gister van die klein seuntjie wat in sy gesig en oor sy hele lyf oortrek was met sere. Hierdie was naarmaak sere waaruit daar sug geloop het! Pa het 'n mengsel aanmekaargeslaan en 'n klomp keer verduidelik hoe dit gebruik moes word.

'n Paar weke later het 'n opgewonde seuntjie vir Papa dokter kom wys dat al sy sere weg was. Daar was wel lelike pienk littekens maar dit het niks gepla nie! Net voor hul loop toe kom die Ma skaam-skaam en oorhandig iets aan Pa wat in 'n vuil verslete lap toegedraai was. Ma wat soms vir Pa gehelp het moes wegkyk met trane wat by haar wange afloop – dit was ses eiers, wat vir hierdie arm mense goud werd was.

In die winkel was daar 'n groot seepboks onder die toonbank wat vol taai, gekleurde lekkertjies was. Dit is verkoop teen 'n pennie vir 'n handvol. Ons het soms 'n handvol gegryp wanneer niemand gekyk het nie en laat spaander na ons mieliefort toe! Wanneer ons maatjies Thembi, wat ek Elizabeth 'gedoop' het en Kolwani wat boetie Robert genoem het kom speel het, het Kevin gou nog twee handevol lekkers gaan vaslê. Vandag glo ek dat ons ouers heel bewus was van hierdie lekkers stelery. Alhoewel, as daardie sakke mielies kon praat dan het hul vertel hoe ons die grootmense se vloekwoorde nagemaak het en het ons gereeld 'swieps en braaiboud' gekry!

Ja, daardie was nog die dae wat 'n kind se grootste vreugde seker in vandag se dae vervelig lyk. Myne was om saam met Nora bo-op die bult sampioene te gaan oes en Kevin s 'n om saam met Oom Peter te gaan visvang vanaf die rotse. Die taai gesteelde lekkers is weer beproef toe ek 'n tiener was en dit was glad nie so lekker nie. Lekkertjies wat geëet word terwyl die adrenalien deur die are pomp het natuurlik 'n heel ander smaak!

Kortgeknip

Jack Greeff Jr

Daar is 'n menslike behoefte wat almal van ons teister. 'n Natuurlike proses wat niemand van ons kan ontsnap nie. Elke nou en dan steek dit kop uit, en dan móét mens eers daaraan aandag gee.

Die ervaring is gewoonlik verskillend vir mans en vrouens. Vir mans, is die proses gewoonlik korter en sonder tierlantyntjies. Vir vrouens vat dit gewoonlik heelwat langer, en dit is meestal meer ingewikkeld.

My persoonlike ervaring hiermee is natuurlik vanuit 'n man se oogpunt. Party mans se vrouens gee nie om om dit vir hulle te doen nie, as jou vrou egter nie gewillig is nie, moet jy dit maar self doen. Om dit self te doen, het ongelukkig nie altyd die gewenste uitwerking nie, so meeste mans betaal maar iemand om dit vír hulle te doen.

Ek praat natuurlik van hare sny.

Ek is van kleins af nie mal oor hare sny nie, maar dis deel van die lewe. Dis onvermydelik. Almal van ons moet gereeld daaraan aandag gee, behalwe as jy dalk 'n rockster, 'n professionele branderplankryer of 'n nasireër is.

So, tensy jou naam Simson is of jy in 'n Nirvana 'cover band' speel, het jy ook al 'n paar keer jou eie ervaring daarmee gehad.

Toe ek klein was, het my pa my hare gesny, met net 'n skêr. Ons het nie 'n knipper gehad nie. Dit was vir my altyd 'n traumatiese ervaring. My pa, 'n man van durf en daad, glo 'n mens moet elke taak met spoed en geweld-van-aksie aanpak. En, as jy nie iets met geweld regkry nie, gebruik jy te min daarvan. Hierdie lewensuitkyk het van hom 'n uitstekende soldaat gemaak, maar definitief nie 'n haarkapper nie.

My hare was nie altyd die enigste ding wat 'n knip van die skêr gekry het nie. Ek het die littekens om dit te bewys. Beide fisies en sielkundig. Dis seker hoekom ek vandag nog haat om hare te sny. Dit het gereeld gelei na bloedverlies. Weet jy hoeveel bloei 'n oor? Of hoe moeilik dit is om 'n toerniket op 'n oor te sit?

Om verdere amputasies of toekomstige sielkundige probleme te vermy, het my ma begin soek na alternatiewe metodes van haarsny.

My liewe, oorlede Ma, die goedheid van self, het egter altyd een swakpunt gehad, en dit was vir 'gimmicks'. In Afrikaans, foefies. Ek dink sy het op haar eie, in die jare 90's vir Verimark finansieel aan die gang gehou. Advertensies met "As seen on TV" of "But wait, there's more!" dít was haar swakpunt.
Sy het eendag in 'n tydskrif 'n advertensie gesien wat die antwoord op al my haarsny-nagmerries sou wees.

Dit was 'n haarknipper wat mens voor aan 'n stofsuier se pyp monteer. Die teorie agter dié geniale uitvindsel, was dat die stofsuier se suigaksie die lemme, wat amper soos 'n motorboot se propeller gelyk het, laat spin. Dié sny dan jou hare. Eenvoudig! Maar wag, dis nie al nie! As 'n bonus, suig die stofsuier natuurlik die hare ook op en jy hoef nie eers ná die tyd hare van die vloer af op te vee nie!

Sou dit my redding wees?

Pa het ons ou bruin en roomkleurige stofsuier, wat seker uit die Vorster bedeling gedateer het, aangeskakel. Met 'n oorverdowende geraas, en 'n desibel-vlak naby aan dié van 'n Boeing enjin, het die stofsuier opgewen. Die lemme het vinnig gedraai in die stofsuierpyp. Pa het met groot afwagting die kontrepsie in my hare gedruk.

Ek weet vandag nog steeds nie presies wat skeef geloop het nie. Was die lemme te stomp? Het hulle te stadig gedraai? Of was die stofsuier eenvoudig net nie sterk genoeg nie?

Wat ek wel weet, is dat die stofsuier nét hard genoeg gesuig het om my hare diep tussen die lemme te verstrengel, en die lemme, in samewerking met die suigkrag van die stofsuier, net genoeg krag gehad het om my hare by my kopvel uit te probeer trek. Daardie middag was daar 'n gesuig, 'n geskree en 'n gekners van tande, maar geen hare is gesny nie.

Soos jy jou tienerjare bereik, verander jou prioriteite in die lewe. Skielik raak dit belangrik om die meisies te beïndruk. Veral met jou haarstyl. En as jou pa jou hare sny, is dit gewoonlik in een van twee style; die pispot- of die konsentrasiekamp haarstyl. Natuurlik is nie een van hulle genoeg om 'n tienermeisie se hart vinniger te laat klop nie. Om die meisies te beïndruk het ons ook 'gel' in die hare gedra. Iets wat Pa glad nie verstaan het nie, (al het hy in sy jong dae Brylcreem gedra.) Dan begin jy maar soek na 'n haarkapper of barbier om dié probleem uit te sort. Al kos dit nou jou eie sakgeld.

Ek vermoed iets wat vandag besig is om uit te sterf, is tradisionele barbiers. Meeste van die tyd was die winkel herkenbaar aan die rooi, wit en blou pale buite die winkel. Dit was gewoonlik ooms in wit jasse, en dalk 'n kam en 'n skêr in die sak. Daar was dalk 'n paar rugby plakkate teen die mure geplak, sonder tierlantyntjies. Dit was persoonlik my gunsteling haarsny ervaring. Ek het nog nooit gemaklik gevoel in fancy salonne met wasbakke, haardroërs en allerlei haarprodukte nie.

Mens kry natuurlik deesdae nog barbierswinkels, maar dis ietwat anders. Die barbiers is gewoonlik van Midde-Oosterse afkoms, Morokane of Lebanese met deftige kapsels. Hulle is gewoonlik behendig met 'n kam en 'n skêr en sal jou sommer gou weer netjies laat lyk. Jy moet net vinnig keer of hulle spuit jou met die een-of-ander eksotiese parfuum of naskeermiddel

wat jou soos 'n laventelhaan of 'n Egiptiese oliebaron
laat ruik.

Hoe dit ook al sy, dis tyd dat ek weer 'n draai maak by
die haarkapper, my hare is weer te lank. Daar is geen
verskoning dat my hare oor my ore moet hang nie,
behalwe natuurlik om die letsels weg te steek.

Afleiding

Johan Roets

"Aangename kennis." 'n Skril stem basuin die woorde van agter 'n dik, breë snor wat aan 'n kortstondige mannetjie in 'n safari-pak met opgetrekte kouse behoort wie se bolip jou kan laat dink aan 'n Viëtnamese soldaat in die ryslande tydens die destydse Viëtnam oorlog. Jy hoor iets ritsel in die water maar kan net nie uitmaak waar die skarminkel lê nie.

So skrik ek my natuurlik dat ek 'n paar sekondes later duidelik voel hoe my kop begin jeuk van die "needles en pins" soos die bloed terug haas na my gesig toe. So amper uiter ek 'n string woorde wat glad nie sou rym nie, wel duidelik verstaanbaar sou gewees het maar die HAT nie sou kon uitlê of verklaar nie.

Spoedig plak ek 'n glimlag op my mond wat seker nou lyk of ek 'n ligte beroerte gehad het soos ek dit vasbyt om te verhoed dat daardie laasgenoemde rympie nie ontsnap nie

.

"Middag meneer, hoe kan ek help" groet ek ewe voorbeeldig terug terwyl ek my hand uitsteek. Vir 'n paar oomblikke hang my hand in die lug en kyk die verwaande mannetjie dit aan as of hy dit ondersoek vir die een of ander aansteeklike siekte.

Maar sal ek my nou vererg, dink ek by myself. Die goeie Bybel praat van om die vrug wat by die bekering pas te dra maar die vreemdeling wat my in die eerste plek amper my vermoë laat verloor om te knyp en dan my hand ondersoek en afkeur soos 'n Afrikaanse matrikulant wat aansoek doen vir 'n pos in 'n staatsdepartement, laat al my vrugte met eens vrot.

Hy gryp na my hand en druk omtrent met die fors van 'n swanger moedertjie wat geboorte gee terwyl hy verder gaan deur te sê, "Ek is speurder Frik Snotgrass." Ek sluk amper my valstande in maar behou my postuur wat wil voel of ek inmekaar wil trek van die lag want dit is verseker 'n van wat op die platteland nie al te bekend is nie.

Met al die formaliteite afgehandel en die snaaksigheid wat tot rus gekom het, verduidelik meneer Snotgrass dat hy afkomstig is vanaf die grote Johannesburg. Sy besoek is te danke aan die moord en roof tak van die SAP wat ondersoek instel na die gebeure op die dorp sowat 'n maand gelede. Laerskool "Hupstoot" soos ons dit noem tussen die bure, se regte naam is Hawenga Laerskool, vernoem na die eertydse burgemeester. Dié het homself per ongeluk in sy eie motorhuis opgehang terwyl hy besig was om draad te span vir die biltong wat hy geskiet het op uitnodiging van die rykste boer in die distrik, Wes Bredenhout. Almal weet daar was een of ander gekonkel want Bredenhout se patat boerdery het nie alles volgens die 'boeke' gedoen nie en om die regte mense in jou sak te hê is voordelig. Maar, genoeg daaroor.

"Magnum PI," so doop ons die windverwaaide polisiekonstabel op die dorp wat na sy ondersoek 'n teorie laat uitglip het wat reken dat ere Hawenga se biltong-dood nie 'n blote ongeluk was nie, maar hy glo dat Hawenga 'n "Hupstoot" gehad het. Dit dan waar die laerskool sy bynaam kry.

Hawenga se sekretaresse, Trix, was nie van die voorbeeldigste dames op die dorp nie maar sy het 'n talent gehad wat "America's Got Talent" haar die "Golden Buzzer" sou laat losslaan en die storie loop dat sy en Hawenga meer Marco-Polo en donkerkamertjie gespeel het na ure in die munisipale kantoor blok as die dorpskinders by die swembad.

Hawenga se vrou, Betsie, was natuurlik soos 'n ware burgemeestersvrou "prim en proper" soos dit 'n vrou van haar status betaam. Sy het belange in die slaghuis, die hardewarewinkel asook by die apteek op die dorp gehad en sy het 'n kop vir besigheid maar nie die tipe besigheid waarmee meneer Hawenga hom besig gehou het nie. Sy was 'n op en wakker vrou en Magnum PI reken dat sy lankal iets begin vermoed het, met dié dat Trix en Hawenga Woensdae en Vrydae laat gewerk het maar al die ligte in die gebou af sou wees, was dit duidelik dat hulle beide fotografie opgeneem het as stokperdjie en die ontwikkeling van foto's natuurlik donkerte vereis om te sorg dat die foto'tjies mooi duidelik uitkom of dat daar ander onheil heers.

Met sy notaboekie in die hand sê speurder Frik Snotgrass, "So, meneer Roelofse, jy is die eienaar van die slaghuis, die hardewarewinkel asook die apteek..."

Die Skurk by die Deur en Psalm 91

Johan Roets

Terwyl die skaduwee van Tafelberg al nader kruip, staan antie Joey voor die enkel, sinkwasbak met haar hande in die seepwater. Haar kombuisie se venster kyk reg op die ou berg en teen twaalf uur wanneer die son stadig maar seker skaam begin word vir die dorp en hy haas hom om weg te gaan kruip, rek die skaduwee en vind sy pad reguit na haar huisie toe.

Vandag is dit soos elke jaar hierdie tyd in die klein, vaal wit sinkdak huisie wat dieselfde atmosfeer kom heers.

Agt jaar gelede wag 'n vrolike huisvrou soos elke weeks- middag by die tuinhekkie dat haar meisiekind van die skool af kom, al huppelend die stofpad af. Hulle groet mekaar altyd as of hulle maande uitmekaar was en klets vir ure sonder ophou oor die dag en sy geheime. Pappa is jare al oorlede en hulle herinner hulself aan hom met die kiekie teen die gang muur.

Maartmaand bring saam met hom herinneringe wat elke vertrek in nommer 16 Berglaan laat voel soos 'n begrafnisondernemers besigheid. Al die mismoed en verlange wat soos ongestrykte linne ophoop, lê die huisie vol. Daar blink 'n nat streep oor elk van die antie se wange waar daar so elke nou en dan 'n enkel traan sy weg vind uit die hoek van haar oog.

"Klein-klits" was die bynaam wat haar ma haar gegee het van kleintyd af omdat sy die styfste drukkies kon gee en nie sou laat gaan voor sy haar kwota ingekry het nie. Soos 'n klits-se-kêrel kon sy kleef aan enige ledemaat of dit nou arm, been of om jou nek was.

Maart van 2012 staan antie Joey soos gewoonlik by die kleinhekkie en wag terwyl die wind die rooi stof rond gooi en die horison inkleur. Josua beveel die son om stil te staan omdat God hom die mag gee in hoofstuk tien maar antie Joey staan magteloos terwyl tyd aan skuif en haar klein-klits teen tien uur daardie nag nog nie opgedaag het nie. So word ure dae, dae word weke en nou is dit al nege jaar gelede wat klitsie net spoorloos verdwyn het as of sy nooit hier was nie. Elf jaartjies oud en weg geruk uit die samelewing met geen spoor om te volg nie.

Antie sê altyd met die beperkte hoeveelheid woorde wat sy gewillig is om te praat, "hoe dan nou Here, hoe dan nou? Sy meen dat sy altyd nog haar geestelike waardes behou en beoefen het en nooit haarself op gehou het met kaf en dros nie. Die slapband Bybeltjie lê permanent oop op Psalm 91 in die middel van die drie by drie sitkamertjie op die koffie tafel en verse tien en elf is met rooi ink onderstreep wat lees, "Geen onheil sal jou tref en geen plaag naby jou tent kom nie.

want Hy sal sy engele aangaande jou bevel gee om jou te bewaar op al jou weë."

In agt jaar se tyd het antie Joey seker vyftien jaar ouer geword as jy na haar gesig kyk en wanneer jy in 'n vrou se oë kyk en jy sien "niks," dan weet jy dat die begeerte om hier te wees lankal iets van die verlede is. Dood se deur is makliker om aan te klop en te vra vir hulp as om moed te skep en aan te gaan. Dag na dag het haar lewe 'n eenvoudige roetine aan geneem wat behels om op te staan, klaar te maak en met 'n koppie koffie op die wiegstoel op die rooi stoepie te gaan sit en te wag vir middag ete, aand ete en bed tyd.

Maart het sy laaste trekke gegee en so is April, Mei en Junie ook fort. Julie is ons al in diep winter en die berg lyk of dié ook 'n jas of trui sal waardeer. Die voëltjies en alles wat asem het bibber van die koue. En ek glo amper dat die Eskimo's in Alaska trek ligter aan as die klomp Kapenare. Hierdie is vetkoek en kerrie maalvleis tyd om nie eens te praat van gebraaide snoek met knoffel en blatjang nie.

Antie Joey werskaf in die kombuisie en die reuk van warm olie en vetkoek deeg hang in die lug en daar lê meelstof en bestanddele oral in die kombuis. Die ou kombuis tafeltjie kraak omtrent onder die gewig van die deeg en die antie as sy met mening haar twee hande daarin slaan terwyl sy knie om al die klonte uit te kry. Weet, dié vetkoek resep kom al oor generasies heen en geen meester daarvan mag byvoeg of enige deel daarvan weglaat nie en ordentlik knie is een van daardie instruksies en bak geheime wat wyle oumagrootjie op aangedring het.

Dit is Saterdag vroeg oggend terwyl al die gebak en brou aan die gang is en dit is nie net by antie Joey se huis so woelig nie, al die vroue van die groot kerk in die vallei is besig met die een of ander gereg ter voorbereiding vir Sondag middag gemeente ete.

Vir 'n oomblik staak die gewerskaf en die antie loop maak die warmwater kraan by die sinkwasbakkie oop sodat sy net 'n slag haan hande kan afspoel en die warm water is tog te lekker op die koue ou hande. Sy slaan weer haar oë op na ou Tafelberg en haar gedagtes herinner haar aan Psalm 121 vers 1 wat Dawid ook sy oë opslaan na die berge en vra waar sal sy hulp vandaan kom. Maar dan begin die antie saggies te sing, "Geanker in Jesus ek kan die storm staan, geanker in Jesus as golwe oor my slaan…" en so lig haar gemoed elke keer as sy die liedjie herhaal.

Die vetkoek is gebak, maalvleis is gemaak en antie is besig om die laaste skottelgoed weg te bêre. Sy is moeg en haar voete voel of daar twee maalstene aan vas gemaak is maar sy gaan hier klaarmaak en dan lekker in die bad lê voor sy haar laaste koppie koffie maak en inkruip na sy met die Here gepraat het.

"Tok-tok-tok," "dit is vier minute voor nege die aand, wie sal tog nou die krag hê om te wil kuier as almal weet die dag was omtrent net 'n werskaf om voor te berei vir more se ete" dink antie Joey terwyl sy so half ongesiens deur die venster wil loer wie klop.

Sy haal haar voorskoot ergerlik op pad deur toe af en trek maar so hier en daar aan die rok terwyl sy die kopdoekie regskuif. Sy maak die deur oop en terwyl sy nog haar oë probeer fokus in die dowwe stoep liggie val twee arms om haar nek en antie Joey begin gil vir lewe en dood terwyl sy retireer, "Nee, nee, nee!" weergalm die kreet en vir 'n oomblik skiet sy 'n gebed na God om te roep om hulp want hoe is dit moontlik dat sy na alles nog deur dié tiepe ding ook moet gaan. Die stem van haar aanvaller roep uit hier in haar oor terwyl sy op die naat van haar rug met haar die skurk bo op haar, langs die tafeltjie te lande kom waar die slapband Bybeltjie op Psalm 91 oop lê mamma, mamma! Dis eke. Dis klitsie mamma!

Die Boer en sy Ingelse Woord

Leon Cornelius

Goeie herinneringe van my ontslape pa...
My pa was so Afrikaans soos jy kon kry. Veral as dit by sy gebruik van die Ingelse taal kom.

Tog het dit so gebeur dat hy 'n Ingelse meisie ontmoet, met haar trou en vier kinders saam met haar grootgemaak het.

Ek was een van daardie vier en daarom kan ek daarvan getuig dat ons in 'n Afrikaanse huishouding grootgeword het.

My ma is oorspronklik van Koffiebaai in die ou Transkei, of dan eerder Coffee Bay.

Nou kyk, daardie Ingelse praat 'n ander tipe Ingels as byvoorbeeld die Ingelse in Johannesburg.

Hulle sê "Richird" in plaas van "Riechard"; en dan het hulle die gewoonte om die woord "see" nogal baie te gebruik.

Eendag op vakansie in Durban, staan ons in 'n tak van die destydse Perm, 'n bankgroep waarvan ek jare laas iets gesien of gehoor het.

Die Ingelse dame agter die toonbank verstaan skynbaar nie 'n enkele woord Afrikaans nie.

Was dit nou problematies! Hoe meer my pa in Afrikaans probeer verduidelik, hoe meer protesteer sy in Ingels.

Net daar en dan sou ek my pa vir die eerste keer in my tóé veertienjarige leeftyd hoor Ingels praat. Of eerder 'n poging daartoe aanwend. Dit was tog duidelik dat hy slegs daardie taal praat as hy regtig egtig moet.

Hy het een Ingelse woord baie goed geken, hy het die woord immers al duisende kere by sy vrou en skoonfamilie gehoor en hy sou daardie woord oor en oor gebruik in sy poging om geholpe te raak.

Sy alombekende kort draad is vir 'n wyle weggebêre en hy val weg in Ingels: "Look, see, I draw the money, see."

"Ok, sir, so you want to make a withdrawal?"

"Yes, see, you see I draw, see?"

Die "see" het gewerk en die stomme man is gehelp.

Ek het daarna gereeld so lekker vir hom gelag, dan het hy verleë geglimlag en sy agterkop gevryf met die woorde "Ag hel man!"

'n Paar jaar later stap ek by die huis in terwyl hy met iemand oor die telefoon praat.

"See, so I come to you, see?"

Na ek my lag beteuel het, gaan sit ek by die kombuistafel. Hy het skaars die foon neergesit, of ek bars uit van die lag. "See, see, see?!"

Weer vind sy hand sy agterkop en weer sê hy: "Ag hel man, Leon!"
Sy lag was ook vlak omdat hy darem self ook oor 'n humorsin beskik het.
Nou, jare later, dink ek nog aan my pa wanneer ek hoor hoe iemand sê: "See..."

Herinneringsgroete.

As Ma Verjaar

Marlene Muller

Koop Tog Betyds Die Geskenk
Ek kon vir daai oproep wag. Stiptelik dieselfde tyd van die jaar. Dit sal kom. Dan klink die gesprek so:

"Môre my kind. Ek kan nie lank praat nie. Ek en pa sal jou vanaand bel. Ma wil jou net reghelp, my kind. Laat jy nou nie in 'n verleentheid moet kom nie. Daar's nog net een einde van die maand oor voor my verjaardag. Laat jy kan onthou jy moet mos vir my 'n present koop. Dis vandag al die vyftiende. Jou suster pay vandag. Laat sy tog nie vergeet van my present nie. En julle moenie die blomme vergeet nie. Ek soek nie blomme op my graf nie. Ek wil dit nou al hê. Maar jy hoef nie te worry met die blomme nie, jou suster stuur elke jaar vir my blomme. Sy laat lewer dit af. Daar's nou vir jou 'n agtermekaar kind.

Ek weet julle sal my mos nou op Moedersdag wil kom verras. Dan sal daar nie nog tyd wees om rond te hardloop vir 'n geskenk nie. So, ek herinner jou maar net. Jy moet nou nie vergeet nie. En praat solank met jou Pa ook. Hy moet nie die present by ander mense se huis wegsteek nie. Want laasjaar het ek die hele huis deurgesoek, maar ek kon nêrens sien waar hy dit weggesteek het nie. My senuwees kon dit toe al nie meer hou nie, want ek dog toe hy't vergeet om vir my

67

iets te koop. En ek het hom toe so bietjie onregverdig behandel in daai tyd, want toe het ek al begin kwaad raak in my binneste. As hy my wou groet, het ek later my wang gedraai, of my lippe styf getrek, sodat ek hom nie kan terug soen nie. En jy weet mos hoe hy is. 'n Mens kan hom nie uitlok nie. Ek't toe al geskimp, en later maar reguit gevra. Hom herinner. Maar hy steur hom mos niks aan my nie. Word mos ook nie eens kwaad nie. Daai Sondagoggend het ek baie ongelukkig opgestaan. Eintlik al die Saterdag nag my rug op hom gedraai in die bed. Want ek was seker hy't nie vir my 'n geskenkie gekoop vir my verjaarsdag nie. En toe het hy al die tyd. Ek wonder nou nog waar het hy dit weggesteek.

Maar jy verstaan nou. Ek kan nie lank praat nie. Die telefoonrekening. Maar ek se maar solank, want jy's vergeterig. Ek sal jou darem weer herinner nader aan die tyd. En bring vir die kinders warm klere saam. Dit begin al koelerig word. Totsiens. Ons bel jou vanaand. Onthou om jou Pa te se van die geskenk. Koebaai."

✻✻✻

Toe die Geskenk Betyds is...

Nou sit ek en lag stilletjies. Ja, dit is onse Ma. Kinderlik. Dan hoor ek weer een van haar geliefkoosde liedjies. Honey. 'n Reël daaruit: "...she was always young at heart, kind of young and kind of smart, I loved her so...". Ek onthou ook keer toe Pa vir haar 'n nuwe stoof gekoop het vir haar verjaardag. Die stoof word toe natuurlik op die einde van die maand afgelewer, direk na dit gekoop is. Ma verjaar eers die negentiende. Ma is baie bly. Elkeen wat daar kom, word gewys. Die groot geskenk wat haar man vir haar op haar verjaardag gekoop het. En so dog ons toe, ja-nee, hierdie verjaardag kan daar mos nie spoils wees nie, die geskenk was selfs nog voor die tyd daar.

Maar, o wee, mens voorsien mos nooit hoe ander mense se koppe werk nie. Dis toe reeds daar wat ons die fout gemaak het. Die oggend van die verjaardag staan almal vroeg op. Ons kinders kom een vir een met ons geskenke en goeie wense. Maar onse Ma lyk nie gelukkig nie. Ons ken haar mos. Maar jy kry ook niks uit haar nie.

Die volgende dag kom die storie uit. Pa bel my. "Jong, jou Ma begin huil mos toe julle almal weg is. Ek troos en dra tee aan. Maar niks help nie. Toe ek my stem begin dik maak, kom dit uit. Sy sê ek moes darem maar vir haar 'n klein ou ietsietjie toegedraai het. Dan het sy ook gevoel dat sy op haar verjaardag 'n geskenk van my gekry het...."

Broertjie

Marlene Muller

Broertjie het vroeg die skool gelos. Hy was ook nie lief vir werk nie. Ma en Pa het daardie tyd op Middelplaas gebly. Een aand kom hy met 'n meisie, en haar ouers, by Pa-hulle. Hulle kom ouers vra. Ma sê sommer reguit hulle moet die stront los. " 'n Mens trou nie met 'n man wat nie werk nie." Maar die meisie sê dis 'n 'moet'-troue.

So kry Pa en Ma toe nog 'n afhanklike by. Want Broertjie bly toe nog in die huis. Pa kry opdrag om die waenhuis te omskep in 'n woonstel. Vir die bruidspaar. Hy doen soos gewoonlik flink en tot die letter wat sy sersant hom be-opdrag. Die bruidspaar trek in. Pa meubileer hulle woonstel en daar word graatjieraad gehou. Want ons sal die honeymooners moet werk gee. Laat hulle soos grootmense kan lewe. Natuurlik was ons daardie tyd nog naïef en het gedink almal wil graag werk. So is 'n mens ook maar nooit te oud om te leer nie.

Ons hou toe rondetafel. Daar is genoeg werk op 'n plaas. As hulle nou heeltyds op die plaas help, sal ons hulle betaal. Ons kom ooreen oor 'n salaris vir elkeen. Ook kry hulle hul rantsoen van vleis, groente en melk.

Maar toe hulle begin werk, kom haal hulle hul betaling na elke takie wat afgehandel is. Wifey het die jaart gehark, sy kom haal haar betaling. Sy't die kombuis (sleg) skoongemaak, sy soek haar geld. Hy't die bees uit die groentetuin gejaag, dan moet hy betaal word. En onmiddellik na elke betaling word die donkiekar ingespan en word daar dorp toe gegaan. Ma laat vra senuwee pille van die apteek af.

Ek sien hier moet ingegryp word. Ek probeer mooi praat. "Ons almal werk heel maand, dan kry ons ons salaris aan die einde van die maand. Ons kan weeklikse betaling maak. Maar nie elke dag heeldag vir elke dingetjie wat gedoen is nie."

Vra hulle my: "Moet ons dan soos knegte werk? Ons is niemand se slawe nie. Julle werk dan nie op die plaas nie. As julle hier kom, ontspan julle." Toe bedank hulle.

Ma kom toe met 'n blink idee. Kom ons help hulle om hul eie boerderytjie te begin. Sy gee hulle uit haar pluimvee (wat eintlik haar troeteldiere is), twee van elk, 'n mannetjie en wyfie. Haan en hen vir eiers, en om te broei. Kalkoene, ganse, makoue, eende. Pa merk vir hulle sewe ooie. Pa se ram dek almal se ooie. Hulle kry ook 'n eie groentetuin. Dan is hulle hul eie baas. En het ons van hulle mens gemaak.

Maar toe ek na twee dae weer op die plaas kom, is Ma 'n ander mens. As Pa iets probeer sê, gee Ma hom 'n vuil kyk. Ek prober uitvis, maar Ma is te emosioneel.

Sy kry nie gepraat nie. Die bruidspaar bly ook maar verlangs op die werf. Hulle kom nie so voorbarig groet soos altyd nie.

Ek bekommer my heeldag die volgende dag by die skool, en ry maar weer namiddag uit plaas toe. Nou lyk Ma al asof sy 'n doodstyding gekry het. Haar groen oë swem in sulke rooi poele. Pa soek die ganse by die keerdam en kom eers sononder huis toe. Hy bly ook maar net met
 'n hangkop sit. Want hy't ook nie meer raad nie. Teen die derde dag gaan vra ek by dokter Gerrit Visser kalmeerpille vir haar Moederskap.

Twee weke gaan so verby. Die enigste mense wat gelukkig is in hierdie tyd, is die Honeymooners. Die gasbottel vir hul stoof word in daai tyd twee keer laat volmaak. Hulle span gereeld die donkiekarretjie in en gaan dorp toe. 'n Mens kan sien hulle is blinkvet en geldterig ook. Ma word nou al venyniger met Pa. Die swemmende, blitsende groen poele skiet pyle in sy rigting. As hy maar net kon weet wat hy gesondig het. Ma lê nou permanent met 'n asynlappie op haar voorkop. Natuurlik nadat sy die huis skoongemaak, die groot pot bredie klaar gekook het, en die pluimvee kos en water gegee het. Die ou dae se vroue het hul kant gebring, kom reën of sonskyn.

En nog verstaan ek nie die agteruitgang nie. Want sien, ek het nou al my hele sondes loop en oordink, en my susters s 'n ook. Maar dis tog ou sondes. Dit

kan mos nie nou nog sulke groot amok maak nie?
Grootboet dink ek nie het veel nie.
So kan dit ook nie aangaan nie. Pa, weet ek, weet. Of
hy vermoed wat fout is. Maar hy swyg. Ek sien later
Ma sal ten gronde gaan nie. Die huwelik het ernstige
ingryping nodig. Voor Ma van hartseer sterf, en Pa uit
simpatie saam gaan. Dokter toe. Dis al raad wat ek
het.

En daar, by Oudok, daar begin praat sy toe. Dit is soos
'n damwal wat breek. Pa sit kop onderstebo. Ek staan
handewringend. Dokter praat mooi saggies na hy haar
ingespuit het. Ma huil. En vertel. "Dokter sien, ek het
vir Ben-hulle op die plaas."

Dokter knik, maar ek sien hy sien nie. Ek verduidelik:
"Ben-hulle is die hoenders en kalkoene."

Ma gaan voort asof ek nie gepraat het nie. "Dokter
sien, Marlene en haar pa, hy... hy..." En sy wys so 'n
beskuldigende vinger na Pa toe. Ek sien hoe krimp hy
ineen, foeitog. "Hulle het vir haar broer," die vinger en
die oë wys nou na my toe," twee van elk van my
kinders gegee. Om te boer. Eerste aand al toe vreet
hulle vir Bennnnnnnnnnnnnnnn...... hulle het nou al
almal opgevreeeet mmmmmmmmmmm..."

Ek kan daai geween en gekners van tande nie vir julle
beskryf nie.

Ma het darem later oor die verlies gekom. En haar
senuwees het sodanig herstel dat sy weer kon

aangaan met die lewe. Dis net ek wat nog probeer om te begryp. Kan 'n mens regtig binne 'n paar dae se tyd jou pad oopvreet deur Noag se ark?

Ook maar net mens.

Visvangavonture

Marianne Fourie

As jy eenmaal jou kop hard gestamp het, loop jy mos maar vir lank so koes-koes. Na my 'privatisering' besluit ek, geen man sal ooit weer vatplek aan my kry nie. Ek koes vir 'n vale maar die hart laat hom nie voorskryf nie.

Sewentien jaar gelede kruis my lewenspaadjie die van die kort, ronde mannetjie s 'n. Sommer vroeg in die verhouding besef ek dat ek 'n baie belangrike besluit moet neem: ek sit elke naweek alleen by die huis met 'n boek of ek leer ook visvang. (Of is dit nou hengel? Ek weet daar is drank betrokke by een van die weergawes.)

'n Besoek aan die hengeltoerustingwinkel volg. Twee pragtige nuwe stokke en katrolle word gekoop – sodat ek Liefie se oues kan erf. Hulle is mooi ingebreek en ervare vertel Liefie my, ideaal vir 'n beginner. Ek word sorgvuldig onderrig in die geheime van visvang. Die aanwending en gebruik van verskillende soorte aas word verduidelik. Floaties en boilies en boldips en grondvoer, watter geure werk by verskillende damme. Soms moet jy jou aas diep gooi, en ander kere lê die visse vlak. Vissoorte hou van verskillende soorte aas, babers hou van erdwurms en karpe van floaties, modderbekke is 'n pes en geelvisse is 'n bedreigde spesie en moet altyd teruggegooi word.

Vlieghengelaars sien neer op papgooiers. Dun lyn gooi verder as dik lyn en slap stokke is beter as stywe stokke. Ek leer knopies maak en stroppies bou. My koppie draai van al die inligting. Toe Liefie voel ek is nou deeglik onderrig in die teoretiese deel kan ons dam toe gaan vir die praktiese deel van my opleiding.

Ek is redelik wit van aansien, 'n wit wat baie vinnig in rooi verander in die son, so na ek myself van kroontjie tot toontjie bepleister het met sonskerm, is ek gereed vir die eerste sessie. Liefie laat my toe om my eie aas aan die hoek te sit (met die nodige en onwelkome kommentaar oor my keuse van geure), maar om die aas in die water te kry vertrou hy my nog nie mee nie. Hy vat my stokke en gooi in. Ek mag darem die poliesman self aansit. Toe daardie eerste vis byt en ek hom uit die water op land het is ek ook ge"hook" en my storieboek skoon vergete.

Ouma se by-ons-kom-bly veroorsaak egter dat ek vir sowat sewe jaar nie meer saam met Liefie gaan nie. Ouma kan nie alleen bly nie en saam water toe wil sy nie.

Nuwejaarsdag 2021 word ek met 'n groot weemoed wakker. Ouma is dood en ek begin die gemis aan my lyf voel. Liefie het net een medisyne vir my hartseer: PAK! Ons gaan Vaaldam toe. Die tentjie wat hy so rukkie gelede gekoop het gaan ingewy word. Ons arriveer so 10 uur op 'n goeie boer se plaas – dis net ons en die natuur. Nie 'n ander mens, kar, gebou of toilet in sig nie. Die tent moet op en die son brand. En sommer die humeure ook. Die tent het 'n wil van sy eie en die son BRAND!. Van 'kom ons los die tent totdat dit koeler is' wil Liefie niks weet nie. Die kamp moet reg en dan kan ons die res van die dag geniet. Net so kort voor egskeiding staan die tentjie, die kampbeddens is opgeslaan, die "kombuis" is ingeruim, die drie bottels water wat ek afgesluk het tydens die tentgeveg moet uit en my Crocs moet droog bly ... en ek raak sommer de vieste in omdat mans geseënd is met toerusting wat die piepie-innie-bos kinderspeletjies maak.

Uiteindelik kan ek my stokke regkry en ingooi en nadat ek koekies, koeldrank en ander verversings uitgehaal en reggesit het vir Liefie wat 'sjoe, nou het ek darem hard gewerk' op 'n stoel neerval, kan ek ook sit en begin ontspan. Dis rustig. Dis stil. Dis gesondmaak rustig en stil.

Liefie lê die kompetisie reëls uit: Die een wat die eerste vis vang kry 5 punte. Daarna 1 punt vir elke kilogram wat die vis wat jy vang weeg. Die wenner is vry van skottelgoedwas vir die volgende week. Liefie se woorde was skaars koud toe my katrol skree. Met die nodige aanwysings van die kant af, so asof dit my eerste vis is, katrol ek vir meneer in. Dis 'n bielie, my persoonlike beste. 'n Hele 7,78kg lê hy in die net.

Teen 5 uur begin die wolke oor die dam aangerol kom en die wind steek op soos hy net in die Vrystaat kan doen. Liefie maak vinnig vuur, braai die tjoppies en die broodjies want ons sien dis 'n groot reën wat op pad is. Daai tjoppies was skaars gaar toe die eerste druppels neerplof en ons vlug tent toe. Terwyl die hemel rondom ons oopskeur praat ek en Liefie vir die eerste keer in jare regtig, oor ons drome vir ons kinders, oor Covid wat ons lewens bedreig en oor Ouma en Boeta wat so skielik weg is. Iewers tussen die gesels deur raak ek aan die slaap tot ek wakker gemaak word deur 'n baie benoude: "Sheriff, ek reën nat." My eerste gewaarwording is dat ek darem nou erg koud kry – alles is nat. My kussing, my kombers, my bed, my klere – net mooi alles. Tentjie kon nie die aanslag van die Vrystaatstorm weerstaan nie. Elfuur daai nag vlug ons bakkie toe, Liefie met die enigste kombersie wat nog effe droog is en ek met die hond onder die een arm en ons kleresak onder die ander. Dit het seker 'n uur geneem voordat ons tande ophou klap het.

Ons het die volgende oggend so 11 uur opgepak toe ons sien die reën is nie van plan om op te hou nie. Alles is net so nat agter in die bakkie geboender en papnat, tot sterwens toe lus vir koffie, het ons huis toe gekom.

Ek het ten minste die kompetisie gewen ... en Liefie is nou nog suur oor die feit dat sy leerder hom ore aangesit het.

Ma Word Vyftig

Marlene Muller

Ek was nog 'n student in die Kaap toe Ma die vyftig merk slaan. Alhoewel sy eers in November verjaar, stuur my ou groot sus al van Januarie maand af geld. Sodat ek die partytjiegoed kan begin koop. Want Ousus is georganiseerd. Nie soos ek wat soos 'n ongeskikte windjie in die rondte draai as ek iets moet doen nie. Dis nou te sê goed soos werkies in die huis of partytjies doen. Maar jy kan my enige tyd syfers en woorde gee. Die span ek soos goed geleerde osse in.

Terug by Ousus. Sy gee opdragte saam met die geld. Koop foamborde en –glase, plastieklepels, -messe en -vurkies. Want sy't klaar besluit, ons gaan die partytjie saam met die gaste geniet. G'n geskottelgoed wassery agterna nie. Ons sal twee groot dromme beskikbaar hê, sodat die kelners, bestaande uit die broers en hul maters, net die vuil borde en glase daarin kan tip.

So vaar ek die winkels in in my vrye tyd. Soos gewoonlik is dit mos baie lekker om met iemand anders se geld inkopies te doen. Die enigste bekommernis is, sal die bus al my bagasie aanvaar wanneer ek huis toe moet gaan vir die vakansie. Gelukkig word die probleempie vir my opgelos toe Pa

onverwags by my opdaag. Toe stuur ek sommer die hele boksemdaais met hom saam huis toe.
Teen Novembermaand met die aanbreek van die verjaardag, slag Pa 'n alte lekker vet skapie. Hy koop ook van Plaasslaghuis se lekker wors. Hy en Ousus sorg vir lekker slaaie. Die broers is die leviete oor hul pligte as kelners voorgelees. Die twee dromme is strategies geplaas.

Die aand van die partytjie geniet ons ons tog te lekker. Die wete dat daar geen skottelgoed gewas hoef te word agterna nie, gee vir ons die gemoedsrus om met die gaste te sosialiseer. Die kombuis bly netjies. Die dromme raak voller. Gelukkig het elke drom 'n deksel. Vannag, na die party, sal ons die dromme toemaak. Pa is aangesê om die dromme by die munisipale ashoop te gaan leegmaak die volgende dag.

Die grootste betaling van alles, is om te sien hoedat Ma haar vyftigste verjaardag geniet. En hoe bly sy is oor die moeite wat vir haar gedoen is.

Toe al die gaste weg is, sit ons nog 'n laaste teetjie en drink in die sitkamer. Ma maak haar presente oop. Ons skinder so bietjie oor die en daai. Almal stem saam dat dit nou regtig 'n baie aangename saamkuier was. En dat al die familie en vriende ook kon tyd maak vir mekaar.

Maar toe tref die ongeluk ons. Soos Ma maar altyd doen, gaan kyk sy of haar kombuis skoon is voordat sy gaan slaap. Sy kan nie fout vind nie, behalwe vir die twee dromme met die plastiek eetgerei in.

Daar en dan tap Ma die twee wasbakke vol skuimende warm water. En begin krap kos van die borde af. Die foamborde, -glase, -poedingbakkies, plastiekmessies, -vurkies en -lepeltjies gaan in die wasbak. Die oorskietkos is al wat drom toe gaan. "Nee a, so kan julle mos nie ordentlike goed mors nie. As dit nog papierborde was, sou ek verstaan het. Maar hierdie is ordentlike goed wat weer gebruik kan word."

Ons proteste omdat dit twee uur in die nag is, val op dowe ore. Ma begin vee en mop die vloere om seker te maak ons sal haar nie verneuk nie. En soos wat die skoon skottelgoed begin opstapel, kry sy vir hulle wegpakplek.

Met Ma se begrafnis jare daarna, bied 'n vriendin vir my 'n klompie foam en plastiek eetgerei aan. Haar seun werk by Varygro. Hy kan dit teen amper verniet kry. Sê sy, dan kan ons na die tyd alles weggooi. Of mense kan hul kos daarin huis toe dra. Ek presenteer die swart sakke vol bakke, borde en glase aan my twee susters. Waarop hul asems byna wegslaan.

Want, soos Ousus tereg opmerk, "Wil jy dan nou hê Ma moet vannag twee uur uit haar graf uit opstaan om vir ons die sink vol water te tap?"

Ma Word Sestig

Marlene Muller

Ma bel my en se sy't die huis op die dorp laat skoonmaak. Ek sal seker vir haar wil verras met 'n partytjie. Ek sê ewe gedienstig, "Ja Ma. Dankie Ma. Ma moet nou vir niemand hiervan vertel nie. Dis mos veronderstel om 'n verrassing te wees."

"Nee, ek sal nie. maar jy moet seker maak jou pa gee 'n ordentlike gepaste geskenk. Ek dink jy moet hom sê hy moet my verras met 'n nuwe trouring. Die oue is al te klein. Hy moet dit eers op die partytjie vir my gee."

"Ek sal die nuwe rok wat jy vir my gaan koop, aantrek. Jy vat my mos elke jaar Truworths toe. Hierdie jaar wil ek 'n fokkieng pienk rok hê."

"Ma," my hart keer amper om. "Die woord is shocking pienk. Ek het klaar die rok gekoop. En dit is pienk. Ek weet mos dis ma se gunsteling kleur. Ek sal dit bêre sodat ek Ma 'n uur voor die partytjie daarmee kan verras."

So het ons toe die verrassingspartytjie met Ma se hulp gereël gekry. Vroegoggend van die verjaardag bel ma my weer. "Bring dan die rok. Ek het klaar gewas. Ek wil aantrek dat jy my kan uitneem vir ete. Ek moet mos nie sien as die huis reggemaak word vir die party nie." In die kar vertel sy my, "Jou pa het al vroegmôre gesê ek kan my susters bel laat hulle my kan gelukwens met my verjaardag. So almal het my klaar gewish. Dis nog net jy wat my moet gelukwens. Ek luister, my kind, wat jy vir my wil sê op hierdie dag."

En dan dink ek, ai jinne, al wil ek dan nou nie soos my ma wees nie, begin hierdie goedjies vir my dierbaar raak hoe ouer ek raak. En kan ek nie wag om môreaand op die stoep saam met my susters te sit en te vertel wat sy weer kwytgeraak het nie.

Na die verjaardag bel sy my weer eendag. "Marlene, jou aunt Maria Jingles se vir my ek is nou sestig, ek moet pensioen kry. Jou pa wil my nie vat laat ek kan gaan aansoek doen nie. hy vra of hy dan nou nie meer goed genoeg vir my sorg nie. jy weet mos hoe dwaas is hy. Jy moet kom en my daarmee kom help. Hy hoef nie te weet nie. Ek se sommer vir hom ek en jy moet oor iets gesels. Jy vat my dat ons by Joepie Kotze se kafee gaan eet."

Toe is dit agterna my lot om haar te troos. Want sy word afgekeur vir pensioen. Sy huil verdrietig. "Dis jou pa se skuld. Hulle sê sy pensioen is genoeg vir ons altwee. Muller moet dit nie daar laat nie. Hoe durf hulle in sy persoonlike sake gaan krap."

Tuis kry pa die wang toe hy haar wil soengroet. En die res van die dag 'n koue skouer. Op sy mooi manier vra hy my om nie te ry voor ons nie 'n oplossing gekry het vir die probleem nie. Hy sien nie kans om alleen met Ma agter te bly as sy in so 'n toestand is nie.

"Jou ma sê die mense by die pensioenkantore sê glo dat ek genoeg pensioen kry vir ons albei. Ek het haar vooraf daaroor gewaarsku. Maar sy wou nie hoor nie. Vir my gesê sestig is sestig. Almal oor sestig kry pensioen. Jy moet my uit die moeilikheid help. Anders gaan dit weer die hele maand so."

Ek sien sommer die uitkoms. "Maar Pa, dan moet Pa mos maar net elke maand vir Ma die bedrag wat die mense kry uit Pa se bankrekening trek en vir haar in haar hand gee. Sodat sy kan voel sy kry ook pensioen. En saam met die ander mense kan praat."

Dit sal hom leer, dink ek. Hy't mos toe ons klein was toegelaat dat Ma ons neuk. Ek is mos nie dom nie. as ons by hom gekla het, dan het hy kastig gesê: "Julle ma moenie aan my kinders slaan nie. Ek sal haar kry." Daai kry het nooit gekom nie.

Van daardie dag af het Pa elke maand getrou Ma se pensioen vir haar uit sy bankrekening getrek en gegee. Aunt Maria Jingles het ook getrou elke jaar vir Ma oor die draad geroep en haar herinner dat hulle oplaag gekry het. Sodat Pa ook ma se increase kan onthou.

Ek het die goed ook met my man probeer. Die fout wat ek gemaak het, was dat ek so graag soos my pa wou

wees, dat ek vergeet het om vir my 'n man soos my pa
te vat.

'n Oompie vir die Oudag

Marlene Muller

Na tien geskeide jare begin die eensaamheid my onderkry. 'n Mens kan mos nie meer met dieselfde vrymoedigheid by plekke instap nie. Vriende raak minder. Hoe ouer 'n mens word, hoe kleiner word jou kanse om weer 'n maat te kry.

Daar en dan begin bid ek. Want ek wil tog nie op my oudag alleen op die stoep sit nie. Ek wil graag weer 'n maat hê. Iemand saam met wie ek by geleenthede kan opdaag. Maar jy raai reg. Die vooruitsigte is maar skraps. Veral as jy uitgaan soos die pes vermy. Waar wil ek dan die oompie ontmoet vir oudag?

Ek is ook nie skaam om rondborstig te erken dat ek 'n oompie soek nie. En dat ek so desperaat is dat ek daaroor bid. Ek moet erken, daar het eendag so 'n papsopnat gedrinkte oompie opgedaag. En 'n getroude man. Asook die dorp se hoenderhaan. Maar dit was nie vir my nie. Dit moes 'n regte oompie wees. Ek het nie vir die Vader gesê hoe hy moet wees nie. Ek vertrou hierdie keer op Sy Genade.

So karring ek toe maar aan. Die horison lyk droog. Ek gooi nie tou op nie. Ek bid. En ek vertel vir auntie Ketrin op die plaas van my dilemma. Sy is toe nog soos altyd daar vir my. Ons twee alleen siele.

Van aunt Ketrin gepraat, sy bel my eendag. "Jy moet vir my by die kliniek aangaan Oukind. Hulle het my kronies vir my uitgesit. Ek moet net kom haal. Maar jy weet mos ek is alleen op die plaas. Bring jy maar vir my. Bring sommer grandpa's en 'n bottel Stoney saam vir die hoes. En wat ook al jy daar in jou medisyne kassie het. Onthou om ook 'n lekkerding saam te bring."

"Aunt Ketrin, ek werk vanaand laat. Ek kan in my middagete tyd gou by die kliniek aangaan. Maar ek sal dit nie vandag al kan wegbring plaas toe nie. Sal dit okay wees as ek dit môre bring?"

Daar is 'n kort stilte. Dan praat die auntie weer. "Ai, Oukind. Ek is dan nou so behoeftig vir die goedjies. En dis mos net vir jou wat ek kan vra. Maar dan maak ons maar so. Sien jou dan môre."

Toe ek aflui, kyk een van die studente op van waar sy filing doen. "My oom kom vanaand deur Sanddrift toe. Ek sal hom gou oplui en vra om die pille vir Aunt Ketrin te gaan optel wanneer hy weer terugry. Hy moet mos verby die plaas ry. Hy doen ook gewoonlik vir die auntie gunsies."

Die aand terwyl ek, My Pa en Lastborn besig is met huisgodsdiens, is daar 'n klop aan die voordeur. Ek het die pakkie gereed neergesit. Ek het ook vir Lastborn gevra om dit net aan te gee as die oom dit kom haal. Daarna hervat ons weer ons boekevat waar ons gestop het.

Toe ons klaar is, gewaar ek die lig teen die venster. Toe besef ek ook dat die man wat die pakkie kom haal het nog nie gery het nie. Daar moet 'n fout wees. Dalk met sy bakkie.

Ek gaan uit. Vra van die deur af: "Het jy probleme met die bakkie?" Die man staan gebukkend by die voorwiel. Hy kyk nie op nie.

Omdat ek dink hy my nie gehoor het nie, gaan ek uit op die stoep. Ek vra weer: "Hi, wat is fout?" Hy kom orent, stap na die agter wiel toe. Bekyk dit effens geboë. Hy antwoord weereens nie. Gee geen aanduiding dat hy my gehoor het nie.

Toe begin ek van die stoep af nader stap. Want hy moet beslis probleme hê. En ek kan hom mos nie so los dat hy in my jaart in die donkerte moet staan en sukkel nie. Hy loop egter agter om die bakkie toe ek na die bakkie aangestap kom. Toe weet ek, met die dat die wind so waai, het hy my nog nie gewaar of gehoor nie.

Met die stap ek toe ook agter om die bakkie.

Maar julle, toe daai man gewaar ek kom om die bakkie gestap, klouter hy by die passasierskant van die bakkie in. Hy sukkel oor die pakke goed op die passasiersitplek. Oor na die bestuurskant toe.

Toe besef ek: die man is besig om vir my weg te hardloop. Met vlammende wange loop ek druipstert terug huis toe. En wens dat ek hom nooit weer sal sien nie.

***

"Op 'n punt van orde," druk die oompie wat langs my sit en tv kyk my aan. "Ek wil net vir jou sê, dis nie oor ek vir jou bang was dat ek weggehardloop het nie. Ek was daardie dag op die plaas. Ons het die vee gedip. En jy weet mos hoe stink dit. Ek kon nie dat jy daardie aand naby my kom nie. Dit sou nie by my planne ingepas het nie. So hou op nonsens verkoop."

Ek lag maar net. Vir die oompie van my oudag.

Ordentlikheid Betaal nie

Marlene Muller

My kollega is baie ordentlik. Daar is nie 'n ander woord om hom te beskryf nie. Veral as in ag geneem word dat ons in 'n myndorp werk. Die groot meerderheid van die werkerskorps is ruwe manne. Gewoond aan die mynomgewing. Gepaardgaande daarmee ook myntaal. Daar word hard gewerk, en nog harder gepraat.

Die paar vrouens wat daar gewerk het, het gekompeteer met die manne om beter neandertal te wees as hulle. Ek het uit gevoel, maar besluit om nie my aansien te verander nie. Daarom was ou Stet 'n koel briesie toe hy daar kom werk.

Toe Stetman inval, moes hy nog uitpasseer vir lisensie. Dit is 'n vereiste vir ons werk. Hy maak dus gou 'n plan om sy lisensie te kry. Ook nie lank nie, of die ou koop vir hom 'n kar. Spoggerig. Maar met die onervarenheid ry hy sommer met die eerste huis toe kom slag in 'n sandwal vas. Dis nog grondpaaie waar ons bly. Almal wat die kar bewonder en hom gelukwens, vra ook uit oor die hangende buffer. Arme Stetman glimlag net skeefweg.

Soos dit is, is daar baie ambagsmanne op die myn. Tjop-tjop word die nuwe Chevvy se buffer reggemaak. En kan hy weer sy gesig in die openbaar wys.

Dit was egter nog nie 'n maand nie, toe gewaar ek weer 'n duik in my kollega se Chevvy. Ek voel te sleg om hom daaroor uit te vra. Reken so, daar sal genoeg mense wees wat orig genoeg sal wees. Ek weet mos dit sal vir hom 'n verleentheid wees om daaroor te praat.

Toe vertel Lastborn my. Hy sê: "Mammie, ek hoor oom Stetman het sy kar in sy eie garage gestamp."

Ek vra, "Hoe nou my kind?"

"Nee, Bieps sê vir my die oom het sy pa 'n lift gegee laataand van 'n partytjie af. Albei was so bietjie nat na die party. Eintlik het Bieps se pa die oom se kar bestuur oor die oom bietjie natter as hy was. Hy ry toe tot by oom Stetman se huis. Trek die kar in die garage in. Toe hy uitklim om verder te stap na sy huis toe, dring die oom aan om Bieps se pa weg te bring huis toe. Hy dring aan, Mammie. Hy het glo gesê daar's nie 'n manier wat hy 'n ouer man sal laat stap in die nag nie.

"Toe trek hy weer die kar uit die garage. Bieps se pa klim maar in. En hy word by sy huis gedrop. Toe is oom Stetman weer terug huis toe. Nou sê Bieps vir my, daai slag wat die oom weer die kar in sy garage moes intrek, ry hy dwarsdeur die garage."

Ai, dink ek, as hy nou net nie so ordentlik was nie, was sy kar mos nog heel. En sy garage. Hy moes die man laat huis toe stap het.

Toe is Stetman weer vir 'n maand sonder vervoer. Die assuransie was hom darem weer genadig. Ek glo egter sy paaiemente was nie so genadig nie.

Maar die kar was skaars terug, toe gewaar ek die buffer hang dan nou weer. Hierdie keer die agterste een. Ek sal moet vir my ander parkering gaan soek, om twee redes. Want dit maak seer om elke keer teen die beseerde kar te moet vaskyk. Dit begin ook vir riskant klink om in sy omgewing te parkeer. Hy kan maklik my stilstaande bakkie in sy happy glorie stamp. Ek vra weereens nie uit nie. Ons bly in 'n klein dorpie. Die stories loop sommer voetsaam deur die kerk.

Hierdie keer is dit ons baas wat kom fluister. "Het jy gehoor van Stetman se kar?"

Ek sê: "Nee, maar gesien. Ai, hy is darem ongelukkig met die ryding van hom. Dalk moet hy 'n ander een aanskaf."

"Nee," antwoord Bossman, "Stet is te ordentlik. Jy weet mos van daardie vierrigting stop by die winkel en die sekuriteitshek na die myn? Niemand stop daar nie. Jy kom nog ver aan, dan kan jy al sien of daar ander karre aankom. As dit skoon is, ry jy sommer oor.

Of draai af. Hier's mos ook nie polisie of verkeerskonstabels wat 'n mens kan skryf nie."

Ek sê maar nie dat ek darem wel bietjie stadiger ry as ek na die stop aankom nie. Oor ek ook ordentlik is. Ek wil eers die storie klaar hoor.

"Ou Stet," gaan Bossman voort, "gaan stop toe by daardie stop. Toe ry die ou wat agter hom was, in hom vas. Ek sê vir jou, Stetman was so moedeloos. Hy het daar uitgeklim, so kopskud-kopskud na die man toe gestap om hom te vra hoekom hy dan nou dit doen. Sy kar is dan so pas reggemaak.

"Toe kyk daai man hom bitter verbaas aan. Want wie het nou al gesien dat 'n mens daar stop. Daar was mos geen karre wat aangekom het nie. Vir wie het hy gestop. Hy moet sy ordentlike maniere vir die stad bêre waar hy vandaan kom."

En so was Stetman weereens sonder vervoer.

Daarom glo ek by tye, ordentlikheid betaal nie.

Skoonma

Marlene Muller

Ek was geseënd met die beste skoonma. Baie hardkoppig, ja. En besig ook. Moenie twyfel nie. As sy by jou huis ingestap het, het sy binne minute oorgeneem. Maar kón sy nou vir jou lekker bak en brou. En dit wat vir ander mense inmeng in hul huishoudings was, het ek as bederf gesien. Voor ons haar gaan haal het om permanent by ons in te trek, het ek en My eks eers 'n talk gehad. Ons kom ooreen dat Ousus, soos ons haar genoem het, van nou af die vrou van die huis sal wees. Ek werk genoeg op kantoor. (Want in elke huis kan daar net een vrou in die kombuis wees, anders is daar chaos.) Ek het natuurlik die voordeel daarvan gesien. Meer tyd vir my eie gedoentes, terwyl Ousus dinge van my hande afneem. En almal is gelukkig. Ek was in elk geval nooit een van die beste huisvroue nie. Aan die ander kant was Ousus dié beste. Dit kan my ook nie pla as sy skuif en snuif deur die dag om haar besig te hou nie. Ek is veilig op kantoor.

So begin toe 'n tyd van totale, skandelike bederf. Erger as wat ek my ooit sou kon voorstel. As ek namiddae onder in die pad aankom na werk, kon ek al die reuk van haar kos kry. Dis natuurlik nadat ek alreeds deur die dag by die werk met 'n bordjie doughnuts verras was. Asof dit nie genoeg was nie, het sy vir die kinders "can fruit" gemaak van die oorvloedige koejawels uit ons tuin. Die wete dat my kinders nie meer namiddae van die skool af na 'n leë, koue huis toe gaan nie, was een van die grootste bederwe. Dan was sy nog 'n hairdresser van formaat ook wat my elke oggend, soos My Swaerste sê, in die kêtlok gesit het. Ek het ook nie geworry as sy my voorskryf wat om aan te trek nie, want dan lê my klere klaar gestryk op die bed as ek uit die badkamer kom. Sy het goeie smaak gehad en was jonk van gees. En ons kon lang stories met mekaar praat. Die seuns was ook gek na haar. Vir al hierdie bederwe was ek bereid dat sy die "kakkietjies", soos sy my ornamente genoem het, van die mure af haal. Dit was tyd vir vernuwing.

Toe kom die dag dat Ousus besluit om roti's te bak. Sy't klaar al ons koekmeel vir die maand op gekoekbak. Ek stel voor sy bak met die broodmeel. "Nooit, skop sy vas. Dit kom nie so lekker flafferig as jy dit met broodmeel maak nie."

Ek verduidelik dat ons net die ou tjangha winkel het, waar jy nog in 'n lang ry moet staan om jou ware oor die toonbank te vra. En daai ry staan tot buite by die single quarters. Ek loop staan nié nou in die warm son in die ry nie. En dit vir koekmeel. Dis nie 'n saak van lewe en dood nie. Ons koop een keer per maand in Springbok, en kom uit met wat ons het. So!

Maar sy laat haar ook nie van mý vertel nie. Sy wil vandag vir ons roti's maak. Hoekom gaan leen ek nie die koekmeel nie. Dit sit ook nie lekker op my nie. Toe

Ousus 'n sulking middagslapie vat, begin my gewete my pla. Ek wik en weeg die opsies. Kar uittrek en op die slegte grondpad Sanddrift se winkels toe ry; in die ry in die son gaan staan agter die klomp werksmanne; of my beginsels prysgee en gaan leen. Uiteindelik sluip ek katvoet kombuis toe, haal die verdomde leë koekmeelblik van die yskas af.... en vul dit met 'n pak broodmeel. Ek maak seker ek gooi die evidence in die groen drom vêrste van die huis af weg. Toe los ek die koekmeelblik op die tafel en gaan terug werk toe.

Toe die kinders van die skool af kom, en ek van die werk af, ruik die huis al heerlik na kerrie. Firstborn kom roep my in die kamer. Hy kan nie wag vir etenstyd nie. En my mond water natuurlik ook al vir Ousus se kerrie. Daai aand aan tafel beduie sy vir my, terwyl sy die roti skud en frommel, sê sy vi my, "Sien jy, sien jy, flafferig. So moet roti mos wees. Flafferig met los velle. Jy sal dit nooit so kry met broodmeel nie. Dis nét koekmeel wat só 'n tekstuur kan gee aan 'n roti. Ek doen 'n ding ordentlik as ek iets doen. Of liewer glad nie. Is jy nie ook nou bly jy't maar plan gemaak vir die koekmeel nie.......?"

Ek is nederig: "Ja Ousus."

✶ ✶ ✶ ✶ ✶ ✶

-      Tjangha beteken om eers op skuld te kry

Gister was nie 'n Lekker dag Nie.

Mart-Mari Breedt

Toe my oudste gister in die kar klim na skool, toe deel hy my mee dat hy gisteraand by 'n skool funksie móét uithelp met die klank — móét nogal.

"Maar jy het swem oefening op Dinsdagaande!" roep ek uit, "Jy kan nie uithelp vanaand nie."

"Maar ek móét daar uithelp," antwoord hy geïrriteerd terug, "Ek het reeds gesê ek sal."

Ek is 'n ma van vier bedrywige kinders. Ek werk spesiaal halfdag, en word gevolglik vir 'n halfdag betaal (dis nie asof ek niks opoffer nie), sodat ek hulle by al hulle naskoolse aktiwiteite kan uitkry. Baie dae is besonderlik uitdagend en jaag ek myself werklik kapoet agter hulle aan.

Soos dinge staan sukkel ek alreeds die laaste paar weke om my oudste by sy drie weeklikse swem oefeninge uit te kry. Daar is die hele tyd een of ander verskoning en voor ons ons oë uitvee is dit weer Vrydag en het ons nie by alles uitgekom nie. En swem oefeninge is duur! Ons kry nie afslag vir lesse wat gemis word nie.

"Jy 'moet' niks nie," antwoord ek, ook al geïrriteerd, terug, "Gee my hierdie onderwyser se nommer. Ek sal haar kontak. Iemand moet haar laat weet sodat sy ook haar reëlings vir vanaand in plek kan kry — indien dit nog moontlik is."

Na 'n redelike groot bakleiery kry ek uiteindelik vanaf 'n dikbek tiener wat vies is vir sy onredelike ma en al luidkeels verklaar het dat hy gaan ophou deel wees van die klank span en nooit weer aanbied om iets te doen nie, die onderwyser se nommer.

Ek bel.

Ek stuur 'n boodskap.

Niks nie...

Ek kry die onderwyser nie in die hande nie.

Intussen staan my seun ongeduldig en rondtrippel in sy fietsryklere, want hy het óók aangebied om die fietsry stalletjie te beman by die skool se ope-dag voordat hy later sou gaan uithelp met die klank.

"Jy gaan nie gaan totdat ek hierdie uitgesorteer het nie," verklaar ek.

"Maar ma…"

"Niks se ge-maar nie! Dis jý wat soos jou dinges reël. Jy dink jy kan doen net wat jy ook al wil doen en ek moet maar net planne maak. Ek is nou moeg daarvoor. Ek weet nie meer watse planne om te maak nie. Julle neem nooit my tyd en moeite in ag nie. Ek kry nie eers tyd vir my goed nie. Jy sal nie gaan totdat vanaand uitgesorteer is nie," hou ek voet by stuk. Hierdie keer gaan hy nie wen nie.

Ons wag, maar ons hoor niks nie. Niemand bel terug nie. Ek weier om weer te bel óf om nog 'n boodskap te stuur. Een keer se bel en boodskap stuur was mos genoeg. Intussen begin ek maar wasgoed uitsorteer en opvou. Ek moes eintlik ook weer ry om my jongste na afloop van haar koor oefening te gaan oplaai, maar in plaas daarvan staan ek en wag vir die juffrou. As ek dan nou moes wag dan kon ek seker maar netsowel produktief wees.

So met die wasgoed se opvou dwaal my gedagtes en ek kry myself sommer baie jammer — 'n kwaai-met-trane-wat-vlak-lê-jammer. Ek dink hoe dit seker weke is sedert ek laas my hare reguit gestryk het. Meeste oggende kry ek nie eers kans om my hare droog te blaas nie. Baie oggende sit ek nie eers meer oorbelle in nie — ek is lief vir oorbelle! My oggende is bedrywig met oefen, kinders en werk. My middae is 'n dolle gejaag. My aande is gewoonlik gevul met skryfwerk. 'nie asof iemand dit in elk geval wil lees nie!' dink ek terwyl ek terugdink aan van my nuutste skryfwerk wat ek met 'n vriend gedeel het die afgelope naweek vir terugvoering en dit toe nooit gekry het nie — hy was te besig...

Ek laat val die kous wat ek besig is om om te dop. Ek gaan grawe my haarstrykyster uit die laai, rol sy koord af en druk die prop by die verlenging in. Dis vyf minute voor ek weer in die kar moet wees om my jongste te gaan haal, maar ek gaan nou my hare reguit stryk. Lyk my ek doen nou "Emotional Straightening".

Dit was seker 'n simpel, dom en kinderagtige ding om te doen. Dit het my nie eers beter laat voel nie! Boonop het ek dit nog half en gejaagd gedoen, omdat my mamma-hart nie wou toelaat dat ek 'n bietjie laat is nie.

Later die middag, nadat ons die aand se gebeure uitgesorteer kon kry, vervies ek myself weer vir 'n skool vergadering wat ek gesê het ek sal by uithelp. Ek wil nie sommer net by 'n vergadering opdaag indien daar nie gereël was dat ek sal kom nie. Ek wil veral nie by 'n vergadering opdaag waar ek dalk nie gaan welkom wees nie. Teen daai tyd was dit toe nog net bietjie minder as 'n uur voor die vergadering én ook net minder as 'n halfuur voordat ons klub sou gaan saamloop. Ek het die vorige dag al probeer uitvind oor die vergadering. Ek het die oggend wéér daaraan herinner. Ek het genoeg gehad!

Ek stuur 'n boodskap: "Ek het nie van jou gehoor nie. Ek neem aan daar is óf nie gereël vir vanaand nie, óf daar is ongelukkigheid daarmee dat ek daar uithelp. Ek sal nie verder aanbied om te help nie. Ek gaan nou saam met die hardloopklub gaan loop."

Die loop saam met die hardloopklub het my siel goed gedoen en ons was bederf deur die pragtigste sonsondergang. Terug by die huis het ek wel nog steeds gevoel asof ander net oor my loop of my as vanselfsprekend aanvaar. Ek sug maar diep vir my en my gedagtes.

Gister was nie 'n lekker dag nie en ek weet nie regtig wat ek daaruit geleer het nie. Dalk was dit maar net om so dan en wan vir myself ook op te staan.

My man het darem die res van die wasgoed opgevou.

Ek Wonder of die See weet ons pak op...

Melissa Manson

Hy's plat en grys , vêr tot die oog nie meer kan sien,
sy golwe groot, gereeld en besonders hard...
en hy slaan angstig kwaai teen die rotse vandag

Ek wonder of die see weet ons pak op...

Of is dit net ek, is dit net ek wat klou, ek wat so lojaal
is
aan die gelukkige plekkie met my hele hart...
die hartseer het al paar dae terug vir my begin

En ek wonder skielik of ek al die smaak van "see-
water" geproe het?
Werklik "geproe"?
Sout, sielskoud en soos trane oor 'n hartseer wang.

Ek wonder of die see weet ons pak op...

In die stilte klink die kamp se straatjies vandag soos
'n snelweg
Huiswaarts is bo aan die vakansie program vandag
geen meer krappe vang
skulpies optel en sandkastele bou

Die suspensies van die karavane hop en klink swaar
oor die grond pad hek toe...
moet wees van die swaar harte in die motors voor,
ek sien die klein lyfies uit die ruite hang,
rooi gebrande wangetjies,
en die hartseer wat vlak lê in die oë...

Geen skaterlag en kinder geselsies langs die pad
Geen roomys en slush-puppies vandag
Geen geur van sonskerm wat jou long- kamers
onmiddellik vul,
soos dié
van geluk,
van sonskyn,
van liefde,
en hoop en alles in een,
maar nie vandag

Ek wonder of die see weet ons pak op...

Hulle sê ; "alle goeie dinge kom op 'n einde"
maar dit is nie wat ons vandag wil hoor

Dis koel, mistig en 'n reënerige dag om te moet groet,
selfs die see maak geen geheim van sy hartseer
Hy's is nie swembaar of speelbaar vandag
Hy's wild, vol en nie vandag 'n vriend

Ek wil met my voete vir die laaste keer in die sand
langs jou kom sit,
Sit om te groet,
Sit om vir "n laaste keer my hart skoon te maak.

Sit om vir jou te fluister ; "ons tyd saam, was ook nie genoeg vir my..."

Ek wonder of die see weet ons pak op...

Voorspelling uit my Kinderjare

Monica Hechter

Dit was die dae van kaskar ry, 1985. Maar Oupa Gert se kaskar het 'n motor gehad, dit was 'n grênd kaskar. Dit het natuurlik vir groot opgewondenheid gesorg onder ons kleinkinders. Vakansie by Ouma en Oupa op die plaas, was net 'n moet.

Muiskraal is maar 'n baie klein plekkie en vir ons kinders het dit bestaan uit net een láng teerpad. Links om die draai ,was die kafeetjie wat Wilson toffies verkoop het net voor jy die grondpad slaan en in die ander rigting, rye Bloekombome en 'n ou kerkie met loodglasventers waardeur ons baie geloer het – met die jare het die gemeentelede een vir een verdwyn en nou is net 'n kleurvolle geboutjie oor, in die middel van 'n stuk droë veld.

Oupa en Ouma het nie alleen in die groot plaashuis gebly nie. Oumagrootjie was ook daar. Ouderdom het haar stom en lam gelaat en ons kinders het maar wye draaie om haar geloop. Haar kamer was die heel laaste kamer bo in die gang – die kamer het soos oumens geruik en ons kinders het net onder dwang daar gaan draai om vinnig iets vir Oumagrootjie te doen. Ouma Annatjie het met deernis in haar hart vir Oumagrootjie versorg en gereeld vir Oumagrootjie in haar rolstoel op die stoep laat sit, sodat sy die buitelug en sonskyn kon geniet.

Ons kinders was met ekstase gevul, die oggend van die kaskar-ry-dag. Soos bye het ons al om Oupa gedraai terwyl daar mooi gewys is hoe die kaskar nou werk: Hier trap jy petrol en daar trap jy die briek. Oupa se noukeurige demonstrasie het my blykbaar ontgaan....

Natuurlik was daar eers 'n gestamp en gestoot oor wie nou eerste 'n beurt gaan kry want ry, wil ons elkeen! My boetie was eerste, as die oudste. "Seuns weet hoe om te ry, hulle word so gebore." het Oupa gesê. Ek was volgende, want ek is die 2de oudste, al was ek net tien jaar oud. Oumagrootjie het die hele besigheid van die stoep af beloer.

My boetie het mooi gedemonstreer hoe mens moet ry. Hy het wraggies waar nogal waaghalsig geraak hier teen die einde net voor hy moes stop, deur sommer te staan met een voet op die petrol (darem het hy nie sy hande van die stuurwiel afgehaal nie). Dit was 'n tawwe voorbeeld om te volg: Boetie Paul het nou die standaard gestel, met die staan-en-al. Oupa het die kaskar se motor aangeskakel en swiesh daar is ek toe op pad. Ek het mooi bedees by die plaashek uitgery, met net die oop teerpad voor my. Maar ons mag nie té vêr gery het nie, dan moet jy omdraai en terugkom, want elkeen moet 'n beurt kry voor die petrol opraak. Ek het my wye draai gevang by die omdraaipunt en was op pad terug plaas toe vir die volgende nefie wat spannend op my aankoms gewag het.

Wat op pad terug gebeur het weet ek nie, maar ek het daai teerpad soos 'n honger jakkals opgevreet en net vet gegee. Die plaashek was darem wyd, en ek kon my spoed behou met die indraai, maar toe het die plaashuis hopeloos te vinnig nader gekom. Nog nader en nader en nader!

Als wat Oupa so sorgvuldig gedemonstreer het, was by die venster uit – ek het net my voet plat op die petrolpedaal gehou. Die voorwiele van die kaskar was vasgevang op 'n reguit pad … op pad stoep toe waar Oumagrootjie sit! Toeskouers het later vertel dat Oumagrootjie se oë groter en groter geword het met dié kontrepsie wat op haar afpyl, want onthou, sy was stom en lam, so opspring en hardloop was geen opsie nie.

Almal het geskree "Draai, draai!" en net kort vóór die stoeptrappie het die kaskar uiteindelik sy wiele gedraai en my voet wonderbaarlik van die petrolpedaal afgegly. Stof het in Oumagrootjie se rigting gewaai en die toeskouers was almal spierwit geskrik.

Ek kan nie onthou of die ander niggies en nefies toe ooit 'n kans gekry het om kaskar te ry nie, want ná my vertoning was die skrik groot. Oumagrootjie is dadelik teruggeneem kamer toe. Hopeloos te veel aksie. Oupa Gert het heel waarskynlik skelmpies vir

Oumagrootjie 'n lepel van sy Klipdrift ingegee, om die ritteltits tot bedaring te laat kom.

Ek moes daardie dag al geweet het, karbestuur, gaan nie vir my sonder stampe, stote en angswekkende noue ontkomings wees nie! Op 47 kan ek erken, daai dag se kaskenades, was inderdaad 'n akkurate voorspelling! En Oupa was toe reg, party mense word gebore met rykuns – ander van ons, kan net hoop en bid.

D-Dag

Kerneels de Klerk

Ek het gisteraand summier besluit ek loop in dr Death se voetspore. Genoeg is genoeg. Toe ek sesuur van die kerk kom was dit tyd vir aandete vir Kerneels, die papegaai en hoof van die huis. Ek het nog my kerkbaadjie aan, my enigste langmou baadjie, toe ek sy dagkos omruil vir sy nagkos. Sal die swernoot my nie deur die mou aanval en aan my gewrig klou dat ek die laaste emalje van my tande afkners nie!

Afskud of klap kan ek nie want dan pluk hy 'n stuk vleis saam uit. Ek moes dit maar uitsweet soos oorlede Peet sou sê! Ek was so kwaad en het my brein mooi gespoel deur die nag, pynlike arm omhoog, om genoeg motivering op te bou vir vanoggend. Ek het net gebid dat die veearts nou nie klaar toegemaak het vir krismis nie want my moed en durf vier springgety. Hierdie parrot-whisperer het dertien jaar lank haar bes probeer om kontak te maak met 'n halsstarrige voël vandat hy veertien jaar oud was, hy het sy drie waarskuwings weg, en ná letsels wat grens aan verminking, asook die amperse prysgee van my siel, is dié sagmoedige ouvrou se geduld uitgeput! Sy is kwáád!

So, halfagt sê die soet stemmetjie aan die anderkant "ja tannie, dokter ís hier en jaaaaa, hy doen DÍT, geen probleem nie. Kom enige tyd tussen 8 en 10." Gaan krap ek die dra-hokkie in die motorhuis uit, stof moet eers afgewas word, ék moet afgeskrop word want ek voel besmet! Die laaste ontbyt word knersend voorberei en aangebied. Ek voel soos 'n laksman maar die hand is nog seer en die kwaad sit vlak. Meneer sit nie sy bek daaraan nie, kompleet of hy vermoed daar is arseen in. Ek sukkel om hom uit die hok te kry. Wéét die swernoot dan wat kom? Met 'n gestoei is hy uit en ek prop hom in die piepklein dra-dingetjie sonder kos. Hy gaan nie kos nodig hê tot dán nie. Klamp hom toe. Die tyd loop, nee hardloop. Dis goed. Dit trek my aandag af. Prop hom op die passasiersitplek se vloer. Ek kry agterdogtige kyke. Ek sweer hy weet. Ry te vinnig na die dierekliniek.

"Haaaai foeitog tannie!"

"Moenie foeitog nie. Kyk hoe lyk my arm. Wil jy ál my letsels sien? Maar dan moet ek strip en dís gevaarlik."

Formaliteite afgehandel. Genadedood R3-honderd-en-iets. Verassing R3-honderd-en-iets. So nie kan ek hom kom haal na die eliminasie vir sy begrafnis. Nee hemel ek wil hom nooit weer sien nie. "Moet ek regtig R3-honderd-en-iets betaal vir verassing? Gooi julle hom nie net in die asblik nie?"

"Haai nee tannie, dis regulasies ens." "Ja ma," sê Nicolene agterna, "dit ís so, regulasies." Ek betaal: R735!!! Koebaai Kerneels! Verwytende kyk.

Ek kom terug huis toe. Dankie tog, John Tuin ingenieur doen sy ding. "John, dis 'n staatsgeheim hoor jy! Soos in Zuma! Jy sê niks vir die bure nie! Skrop daai hok mooi skoon samblief. Hy moet gebêre word in die garage." "Hauw, ek dag Kerneels hy gaan kuier. Ek wil hom hê. Hy's auwlik." "Jammer, te laat John."

Foon lui. "Tannie, dokter sê die papegaai is in só 'n goeie kondisie. Hy sien nie kans om DÍT te doen nie. En hy's so oulik tannie. Nou het ek gewonder, kan ek hom nie maar kry nie? Ek sal hom koop by tannie. Dokter sê ons kan die geld terugskryf." Meisie jy gaan spyt wees dink dr Death, maar sy hét my wonde gesien so sy moenie sê sy is nie gewaarsku nie. Amper vra ek hoeveel ek nog kan betaal. Hierdie probleem moet opgelos word, vandag nog.

"Alles reg Christie," sê ek, "maak nét soos julle goeddink. Ek het my skuld betaal." "Tannie, maar wat eet Kerneels, en is daar dalk 'n groter hok? Ek sal dit koop by tannie."

"Al's reg Christie. Ek pak sy speelgoed en kos wat ek Saterdag vir krismis gekoop het, asook sy halsband, die lot. Ek neem solank die reishok, een wat ek in die motor kan kry wat Donderdag vir Phalaborwa bestem was, met so bietjie kossies wat kan deursien vir die dag." Dr Death hét na alles 'n hart. Kom ek daar is Kerneels klaar na sy nuwe bestemming gechauffeur. Tweet Christie "Oe tannie, my man het hom kom haal en hulle is klaar gróót maats! Krap sy koppie en alles. En Kerneels sing tannie! Te oulik. Dis sommer my man se kersgeskenk." So word die hok op wiele laatmiddag afgehaal met die res van Kerneels se besittings.

Hy's 'n ryk man/voël besef ek. Hy't meer as ek. Met appels, chips, biltong en wat nog alles om 'n skuldige gewete te sus. Selfs 'n lys met besonderhede van voor- en afkeure wat kos betref, gedrag, musiek, asook 'n stokkie met sy musieklys. Die papegaai-boeke word ook ingesluit. Alle tekens dat Kerneels dié huishouding regeer het word doodgevee.

Sê ek vir haar man: "As julle besluit het om Kerneels te elimineer, moet my nie eers laat weet nie. Sy skuld is betaal." "Néé tannie, ons sal dit nooit doen nie. Kerneels lag en sing, hy's te oulik!"

Gmpf!!!

Fluit-fluit my storie is uit.

Karphengel: Die Inlywing

Pieter Erasmus

Vir 'n verloopte Nataller in Gauteng wat sy tande op seehengel geslyp het laat die gedagte aan varswater-hengel my met wisselende gevoelens. Immers is my jaarlikse paar dae langs die kus die hoogtepunt op my beperkte hengelkalender. Tog, as die hengellus byt dan is 'n dam sekerlik nie te versmaai as dit op 'n man se pad kom nie. My neef Ig, ook 'n oud-Nataller, het deur die jare sy vaardighede as varswaterhengelaar tot 'n kuns ontwikkel. Omdat ons geselsies altyd een of ander hengelstaaltjie insluit besluit Ig dis tyd vir my inlywing. So word daar plek by Rietvleidam vir 'n langnaweek in September bespreek.

Sy benadering tot die ekspedisie laat my dink aan 'n militêre operasie. Hy verseker my hy het alles – ek moet net opdaag met genoeg warm klere en verversings. Intussen tel ons letterlik die dae af. Die groot dag breek uiteindelik aan. Ons kampeerplek is nommer 33. Vir my is dit net 'n nommer. Vir Ig, daarteenoor, is dit een van die beter staanplekke. Hy ken sy storie, klink dit my as dit van sy oortuiging afhang.

Tussen die twee van ons word daar kamp opgeslaan en toe breek die oomblik van waarheid aan. Daar en dan word my persepsies van damhengel wind-af gejaag. Alles is vreemd behalwe die stokke en katrolle. Ig verduidelik als op sy geduldige manier. Hy praat van sensors, voerballe, voerplek maak en twee stokke per hengelaar, volgens die reëls. Ek probeer byhou en wonder wat kom nog, veral toe hy drie groterige houtlaaie uitpak. Twee emmers met mieliemengsels, een vir voerbolle, en die ander vir voerplek, voltooi die voorbereiding.

Ig maak die drie houtlaaie oop en verseker my alles is daar om 'n karp hoek toe te lok. Ek besef met die eerste oogopslag dat 'n nuwe hoofstuk in my hengelannale begin het. Die inhoud lyk kompleet soos 'n Dischem rak vol Lennon se medisyne. Dit verbaas my ook glad nie toe hy 'n botteltjie duiwelsdrek te voorskyn bring nie. My gevoel is dat die goed eerder 'n karp gaan wegjaag as aanlok, maar ek hou my bedenkinge vir myself. Ek kom tot die slotsom dat die volledige inhoud van die drie laaie net een doel voor oë het – om 'n karp te flous. Dit verklaar Ig plegtig as 'n fynkuns want karpe is slim, skelm of sku, of 'n kombinasie van aldrie. Maar, vertel hy ook, hy vang met 'n plan want sy selfoon het 'n toepassing wat verduidelik watter tyd van die dag, onder watter weersomstandighede en by watter dam, karp se kind waarskynlik sal aas vat. Met die klem seker op 'waarskynlik', dink ek so in die stilligheid.

Uiteindelik is die lyne in die water, elkeen gewapen met 'n voerbol (nuut vir my), bedrup met duiwelsdrek en *Wimbledon Special* en 'n amandel gegeurde mieliepit aan 'n piepklein hoekie. Ig sien ek is ietwat skepties maar verseker my dat daai hoekie 'n spesiekarp kan vang. Natuurlik moet hy toe ook verduidelik wat 'n spesiekarp is en hoekom Rietvleidam 'n gesogte bestemming vir spesiehengelaars is. O ja, daars ook nie 'n stuk pap op die lyn om te wys as die aas gevat word nie – ons gebruik elektroniese sensors met 'n liggie en 'n alarm. So lei ek af dat ek eintlik maar kan indut as die luim my beetpak terwyl tegnologie die karpe moet flous.

Ons wag en klets die ure om terwyl die nodige verversings geniet word. Af en toe katrol ons in net om te sien die mieliepit het verdwyn. Ek begin verstaan van die *skelm* waarna Ig verwys het. Die sensor het nie 'n enkele piep gemaak terwyl die mieliepit van die hoek afgekarring word nie. Maar as 'n ervare seehengelaar weet ek van geduld langs die viswater. Ek sit en verlustig myself in elk geval aan die stilte en verwonder my aan die waterhoenders se manewales.

Laatnamiddag kom slaan 'n buurman kamp op neffens ons. Ek sit en verkyk my aan die man se kamoefleerdrag en gekamoefleerde kampeertoerusting. Hy vat duidelik nie nonsens van 'n karp nie. Sy aas word per aasboot diepwater toe gevat. Hy is duidelik nie daar om te speel nie. Ig vertel my dis 'n spesiehengelaar. Die manne benader karphengel met 'n passie en intensiteit wat 'n breinsjirurg sal laat bloos.

So met al die gesels en oor wyshede filosofeer het dit donker geword. Ons braai en kuier soos twee manne weg van die vrouens maar alte goed kan doen. Toe gaan die alarm af. Net so na elfuur. Dit klink oorverdowend in die stilte. Die katrol skreeu en knars terwyl die lyn van die spoel afhardloop. 'n Flikkerende blou liggie wys watter stok ek moet gryp. Hiervoor het ek veertien ure gewag! Eers voel dit asof alles in stadige aksie voor my afspeel. Iewers hoor ek Ig beduie om saggies te kap want karp se bek is sag. Met sy raad en aanmoediging speel ek die karp so versigtig soos om 'n pasgebore baba te bad. Dit voel soos 'n ewigheid se versigtige gespook om die vis uiteindelik in die vangnet aan te keer. My eerste karp. Tien kilogram. Die karp word van hoek tot kant afgeneem en toe versigtig vrygelaat. Ek is so tevrede soos 'n kat wat room gesteel het. Ek is immers mos nou ingelyf!

Die volgende halfuur vang ek nog twee kleiner karpe en Ig hou by met twee van sy eie. Ons buurman kom bekyk die bohaai. Hy wag nog vir 'n honger karp, vertel hy. Ig vertel dis my eerste. Buurman vra toe of ek formeel ingelyf is. Ek kry te koud, antwoord Ig namens my. Die idee, skynbaar, is om 'n emmer damwater oor my kop uit te gooi om my inlywing amptelik te maak. Ek swyg, want dis snerpend koud. Maar in die stilligheid weet ek die naweek gaan in my eie annale opgeteken wees – met of sonder 'n emmer koue water oor my kop om die inlywingstransaksie te beklink.

Konsternasie in die Krugerwildtuin

Riki Oelofse

My ma was n netjiese dame. Oorbelle, bolla op die kop en altyd uitgevat in 'n snyerspakkie. Vreeslike aangename mens. Het altyd met 'n melktert en Tia Maria likeur reggestaan as sy gaste ontvang het.

My pa was weer oorgewig swetend en baie slordig. Goeie sin vir humor. Hy het altyd uitbundig gelag vir sy eie grappies dat sy maag so skud soos 'n groot ballon met water in. Ek het my altyd verkyk daaraan. As hy eers begin lag dan lag almal saam.

So besluit die twee dit is tyd om vakansie te gaan hou in die Krugerwildtuin. Als beplan en ons pak. Klere, kombers en die padkos word gemaak. Die immer gewilde hardgekookte eiers, toebroodjies, frikadelle en 'n fles boeretroos. Dan laaste natuurlik die verversinkies soos my pa daarna verwys het, wat dan veilig tussen die klere ingepak word. Dit was 'n opwindende en vreugdevolle tyd.
Saam het ons drie die pad aangevat. Veilig gearriveer. Ingeboek en vroeg gaan inkruip. Ons was taamlik uitgeput na die lang reis.

Warm sonstrale het ons wakker gemaak. My pa se groot maag het gegrom soos 'n donderstorm van die honger. Opgewonde het ons afgestap na die Skukuza restaurant vir 'n heerlike ontbyt wat flambojant was volgens my pa.

My ma het na my pa gekyk met 'n speelse glimlag en gesê "Waar kry jy nou so groot woord vandaan, my man. Jy is dan net 'n gewone maplotter." Waarop hy so gelag het dat sy water ballon maag ritmies geskud het.

Met groot verwagting en my hart wat behoorlik bokspring van opgewondenheid, het ons in die Kombi geklim en die wildtuin ingevaar. Gister se padkos, volstruis en koedoe biltong en natuurlik ook die verversinkies het saam gery. Hulle het natuurlik die somerhitte die skuld gegee vir die gebruik van die (voggies) verversinkies.

Naby 'n olifant het my pa stilgehou om die reuse dier te betrag. Oom olifant was nie baie bly om ons te sien nie. Hy het sy kolossale ore wild begin fladder en hard getrompetter en ons dreigend aangegluur. Ons was erg benoud. My pa het vreesbevange die kombi probeer in rat kry maar dit was net verdoemende geluide van ratte wat krap. My ma se gil wat soos 'n beseerde Hiëna geklink het, het definitief deur die klankgrens gegaan. Net iets gehoor van "Bliksem trap die petrol." Die olifant moes geskrik het van daai gegil en ons verbaas aangekyk en begin retireer en het maar eerder die hasepad gekies.

Na die nare ondervinding het hulle maar weer 'n verversinkie geneem en gesê dit is nou broodnodig vir die senuwees en die skok wat hul opgedoen het. Ek moet sê ek was daarna nooit weer dieselfde nie. My ma se bolla sit ook nie meer op die regte plek nie, en pa se hemp sit vasgeplak aan sy lyf van die sweet. Sy hare hang toutjies en is slordig. Maar dit maak nie saak nie. Ek is lief vir hulle.

So het ons toe verder aangeskuif. Die verversinkies het hul werk begin doen en ons het weer normaal gefunksioneer en land en sand gesels. Die grade het hier by 35 gedraai. Die lugverkoeler het besluit om die dag af te vat. Maar ons was te bly om daar te kan wees, en dit was te duur om te kla. Dit laat my dink aan my ma wat altyd gesê het by 'n restaurant, eet al jou kos maak nie saak of jy versadig is nie. Want dit is duur en sy was altyd te skaam om 'n woefkardoes (doggy bag) te vat.

Groenerigheid was orals te sien. Die natuurskoon is pragtig. Die vlakvarkies wat so met hulle stertjies in die lug rond hardloop lyk soos antennas het my ma gesê. Hulle was haar gunsteling in die diereryk.

Seker so twaalf karre het voor ons in die pad gestaan en al die insittendes kyk in een rigting. Sowaar toe lê daar 'n trop leeus so 100 meter van ons af. 'n Belewenis. Aandagtig bewonder ons hulle en my ma begin toe ewe skielik ongemaklik rondskuif. Sy se toe in so fyn benoude stemmetjie, "Pappa, ek wil dringend toilet toe gaan. My pa kyk haar met sulke groot bang oë aan en sê "Wat bedoel jy, jy wil toilet toe gaan?" My ma sê " Ons sal nou dringend 'n plan moet maak." Die probleem was ons kon nie vorentoe of agter toe nie. Die karre staan opmekaar. Volgende oomblik gryp my ma 'n Checkers sakkie en hop oor die sitplekke tot in die kombi se kattebak. Daar gebeur toe die ondenkbare. Sy doen toe wat sy moet doen met die Checkers sakkie as die enigste hulp.

My pa skree angsbevange vir my ma dat sy dit nie kan doen nie. Waarna my ma terug skree sy het nie 'n ander keuse nie. Dit is toe dat die reuk hom tref. Slegte reuke en my pa was nog nooit vriende nie. Hy begin sulke snaakse geluide maak wat gepaard gaan met ruk bewegings. Die reuk is nou oorweldigend, en ek voel duiselig. My pa kon dit nie meer hanteer nie en spring by die Kombi uit.

My ma skree kliphard uit die Kombi uit "Pasop die leeus!" Hy skree terug "Fok die leeus!" Die ander toeriste blaas vir my pa toeter en skree op hom. Ek sit maar net daar met 'n verstarde gesig en vergaap my aan die konsternasie wat nou hier voor my afspeel. My ma het die gebruikte sakkie toegeknoop, vorentoe gehop en op my pa geskree om in te klim. Ek het my duur bottel Dior parfuum maar uitgespuit vir die reuk. My pa het klaend maar in die Kombi geklim. So het ons toe deur die ander voertuie raak-raak verby geskuur om daar weg te kom.

My pa was groen in die gesig van die naarheid. My ma was bloedrooi in haar gesig van die verleentheid.
Die Krugerwildtuin het ons nooit weer gesien nie.

Humoristiese Drama

Riki Oelofse

Hy hou my fyn dop. Elke beweging wat ek maak. Woes klop my hart in my bors. Straaltjies sweet syfer teen my lyf af. My natgeswete hemp plak aan my lyf vas.

Met brandende droë oë kyk ek angstig na hom. Ek is al 'n geruime tyd in die posisie. Beweeg kan ek nie. Enige beweging kan nou my lewe kos. Van die lank stil sit is die krampe in my bene oorweldigend. Styf inmekaar verstrengel is my vingers. My nekspiere is styf gespan soos 'n boog. Ons kyk mekaar reguit in die oë. Sy swart lelike oë wat geen teken van vrees wys nie, voorspel niks goed nie. Die spanning van die wag is uitmergelend. Wie gaan die eerste aanvalspoging aanwend? Tussen my branderige oe vorm n frons wat besig is om my vel binne te dring. Hulle se met angs en vrees word daar n onderskeid getref. Maar ek beleef albei op een slag. Vrees dien as oorlewingsmeganisme wat nou vir my taamlik sin maak. Ek wil oorleef, ek wil lewe. Dit is nou ewe skielik vir my baie belangrik. En ek besef nou lewe is alles.

My onderste lip wil-wil begin bewe. Maar ek moet dit met konsentrasie en selfbeheersing probeer beheer. My mond is droog.

Donker en styl is die hare wat sy hoof bedek. Gespierd is hy en ek weet hy is gevaarlik baie, baie gevaarlik. Selfversekerd en doelgerig staar hy my aan. Sy borskas beweeg vinnig soos hy asemhaal. Voorheen was ek nog nooit in so situasie nie.

My grootste nagmerrie vind nou plaas. Dit is die ergste wat met my moontlik kon gebeur. Dit is onwerklik soos n droom wat ek nie uit kan wakker word nie. Nog altyd het ek n mooi lewe gelei, flits dit deur my gedagtes. Bedelaars het ek gehelp met ietsie. My ouers gerespekteer. Weggooi diere met kos en water voorsien. Nie eers 'n enkele insek of gogga beseer nie. Of 'n grillerige spinnekop leed aangedoen nie. Met respek het ek lewende wesens behandel.

Êrens moes ek die pad byster geraak het oor ek nou in hierdie angsbevange situasie is. Redeneer ek met myself. Was dit dalk die klap wat ek Susan gegee het in die laerskool. Of dalk die hoender wat ek doodgery het in die straat wat nou kom wraak neem. Pyne is nou orals voelbaar in my lyf van die spannende posisie waarin ek nou verkeer. Naarheid oorval my en ek sluk-sluk so aan die slym in my keel.

Geselsend hoor ek twee mense daar verby loop. Nog steeds lam van die skok sukkel ek om 'n geluid uit te kry. Geen ledemate van my wil regeer of beweeg nie. Sagter en sagter sterf hul voetstappe weg. Ek besef 'n goeie wegkom kans het ek nou verbrou.
Trane waggel teen my wange af en steeds staar ons na mekaar. Steeds hou die senutergende

uitmergelende gebeurtenis aan. My vrees is besig om die oorhand te kry. Ek besef ek moet nou hier uitkom. Wat gaan beteken 'n einde aan my of 'n einde aan hom en 'n einde aan die situasie. Daar is net een uitweg en dit is vorentoe hardloop. Agter my is dit toe. Vorentoe is die enigste uitweg verby die dreigende gevaar.

Dit kos erg inspanning en moed. Met 'n gil hardloop ek vorentoe maar met die opspring haak my voet vas en ek maak hard kennis met die aarde en ek hoor my tande wat klap. Intense pyn skiet deur my kop waar 'n knop alreeds verskyn het. Hygend smag ek na asem. Op my maag probeer ek my kop draai om agter toe te kyk. Opsoek na my vyand. Verveeld sit hy nou nog steeds op die rolletjie toilet papier wat teen die muur staande gemaak is. Tydsaam begin hy teen die hoe wit muur opklim met sy agt harige pote. En langsaan is die toilet waarop ek my ergste nagmerrie ervaar het met 'n spinnekop.

Kapokkie die Haan

Riki Oelofse

Standerd sewe was 'n lekker skool jaar. Ons was vier in ons groep. Gedink ons was die populêrste groep in die skool. Maar al wie so gedink het was ons. Kouse het op die enkels gesit. Hare wat los hang. Moue opgerol en die lip-gloss was duidelik sigbaar. In standerd een was ons die feetjies. Standerd sewe was ons die 'sexy lips hot chics.' Of so het ons gedink.

Soggens voor skool het ek na my maatjie toe gestap so kilometer van my af. Vanwaar ons dan skool toe gestap het. By hul hek moes ek elke oggend eers wag en kyk waar hulle parmantige kapok haan is. Vir hom was ek die bangste in die wêreld en dan my pa. Al vir jare jaag hy my en treiter my as ek by my maatjie se huis kom. Sy naam was kapokkie. Met sy klein krom maer beentjies het hy my altyd gejaag en geskop. Dit was asof hy altyd net vir my gewag het. Noukeurig moes ek eers die werf bespied en dan met 'n baie vinnige spoed gehardloop het tot by hul agterdeur. Die feit dat ek 'n top 200 meter atleet was het hom min geskeel. Ek was vrekbang vir die ding. Net 'n stofstreep het in die lug gehang as hy my gejaag het. Party dae het ek dit gemaak ander nie.

Een oggend het ons soos gewoonlik skool toe gestap. By die skool was die spesifieke hek gesluit en hul het gesê ons moet omloop na die ander hek toe. Nie baie lus om sovêr om te loop nie, het ons besluit om eerder terug te gaan huis toe. Dit was eksamen tyd en ons het nie daai dag geskryf nie, maar moes nog steeds skool toe. Nie een van ons wou die vervelige dag by die skool spandeer nie. Van boom na boom het ons terug gesluip huis toe. Sodat onderwysers ons nie dalk sien nie. Haar ouers was ook alreeds werk toe.

As gevolg van die heerlike somersdag het ons besluit om die dag by die publieke swembad deur te bring. Net 'n katspoegie van daar af. Beplak met grimering en blink van die lip-gloss, handdoeke oor die skouers en sonbrille het ons die pad gevat. En ja, 'n paar van haar pa se yskoue biere. By die winkeltjie daar het ons 'n paar pakkies grondboontjies gekoop. Gedink die soutigheid sal lekker afgaan saam met die biertjies.

Rooi gebrand, giggelend en hoog in die takke het ons 4 rye spore huis toe gestap. Dit was n wonderlike dag vol prettigheid. Dit slaan my dronk tot vandag toe, oor hoe ons daai dag by die huis gekom het.

By haar huis het ons 'n rukkie gaan skuinslê. Ewe skielik, het sy opgespring. Spierwit in die gesig en met groot tranerige oë het sy na my gekyk. Dadelik het ek besef iets is nie pluis nie. Grondboontjies en bier het seker saam gegis. 'n Gelerige stroom so dik soos my arm het by haar mond uitgekom en is reguit na my gesig toe. Met verstarde oë en 'n (watte moer het nou gebeur) uitdrukking in my gesig was ek stom geslaan. Ek wou net omdop. Dit het van my afgedrup tot op die vloer. Die suur reuk van ou bier het my oorweldig en gemaak dat ek beweging kry in my ledemate. Gly-gly oor die vloer het ek probeer my weg baan na die agterdeur. Waar kapokkie toe alreeds vir my gewag het. Naarheid het my oorval en die volgende oomblik toe staan kapokkie se vere nie meer so mooi orent nie. Die gelerige onaangename vloeistof het hom ten volle bedek. Wild het hy sy lyf begin skud en 'n hewige lawaai opgeskop. Waarna hy wankelend na sy hok gekeer het. Dit was nou 'n algehele poespas. Nadat ek my probeer afspuit het met die tuinslang het ek huiswaarts gekeer.

Om 'n klein sussie te hê is ook nie lekker nie. Hulle krap in hul neuse en hul hande is altyd vuil. Altyd het sy by ma gaan klik. Histeries van die lag het sy my aangestaar en hakkelend gesê sy gaan vir ma vertel. Die reuk van ou kots het aan my gehang. Ek was hond siek en taamlik grys in die gelaat. Met 'n spoed is ek by haar verby en 'n lang en deeglike stort gevat. Daarna dadelik in die bed geklim. As gevolg van n geklik moes ek vir my ma maar als vertel. Woedend het sy geskree, die bekende bang maak gesegde. "Wag net tot jou pa hier van hoor."

Die goeie ding van die gebeurtenis was kapokkie het weggeloop. Niemand het hom weer gesien nie. Ek en my maatjie het weer normaal aangegaan en ons stilswye gebruik oor die saak. En 'n haan het nooit weer daarna gekraai nie.

Troue

Santjie Schutte

Die droë westewind waai vandag weer erg. Op die oop agterstoep sit twee vroue en tee drink. Dis die beste skuiling teen die wind en ook die koelste plek.

"Het jy gehoor Hannie gaan trou?"

"Ja, mens. Ek is so bly vir haar part, want sy het dit nie elke dag maklik nie."

"Sy het ook nie baie vreugde in haar jong lewe nie. Gelukkig kon Sofie vir haar alles van kosmaak en bak leer, voordat sy met pensioen afgetree het. Nou doen Hannie alles in die huis. "Malie gaan sukkel sonder haar," sê Sarie met 'n bekommerde uitdrukking op haar gesig.

"Weet jy dis darem snaaks. Ek het van geen mens gehoor wat 'n uitnodiging na die bruilof gekry het nie," sê Annie

"Ja, weet jy. Dit is snaaks. Wil jy saam ry? Ek wil hoor of ek kan handjie bysit. Want so 'n goeie mens as wat Malie is, weet sy nie veel van onthaal af nie ."

"Ek kan ongelukkig nie saamry nie. Ek het beskuit in die oond," sê Annie en waai haar koud met die vadoek in haar hand.

Met dié ry Sarie toe maar alleen na die Dromers toe. So ver soos sy ry dink sy aan die gesin. Malie was saam met haar op skool. Sy het maar moeilik geleer en het op sestien-jarige-leeftyd die skool verlaat met slegs 'n standerd-ses-sertifikaat. Na skool het sy by ou Mister Gould se winkel in die hoofstraat gaan werk. Ou Mister Gould was 'n goeie man en het die werk vir Malie kom aanbied.

Abraham Dromer, 'n boer in die distrik, het vir Malie daar raakgesien. Al moet sy dit self sê, maar Malie was en is nog altyd 'n baie mooi vrou met haar pragtige groot bruin oë en donker hare. Skielik het Abraham omtrent daagliks iets nodig gehad uit die winkel. Maar dit was natuurlik meer oor die halsbandjie as oor die hond.

Nie lank daarna nie, is die twee getroud. Malie het gestraal en was so gelukkig. Saam het hulle toe net twee kinders, Hannie en Lukas.

Die Dromers glo nie daaraan om baie werkers aan te hou nie en so is die twee kinders na hul matriekjaar plaas toe om hul ouers te gaan help.

Daar tussen die bloekombome is die klipsteenhuis. Eintlik is dit 'n mooi gebou, maar alles lyk so vaal rondom, want nie een van die familie hou van 'n blomtuin nie. Daar, daar agter die huis is 'n groentetuin, maar soos Abraham sê: " Dis vir die maag, maar blomme kan tog nie die maag vul nie."

So bly en werskaf die kinders op die plaas, jaar in en jaar uit. Daar kom ook maar min kuiermense, want wie kuier ook by mense wat die heeltyd besig is om te werk en nie tyd het vir gesels nie.

So het Wim Brits toe die plaas langsaan gekoop en dadelik vir Hannie raakgesien. Sy is 'n mooi meisie, lyk baie na haar ma, met haar bruin oë en rooibruin krulhare. Nie lank nadat hy daar ingetrek het of hy begin vlerksleep by Hannie, en nou staan dié twee op troue.

Malie was net baie trots om aan iedereen, wat sy raakloop te vertel dat Hannie verloof is aan Wim 'Brist'. Omdat sy so 'n goeie mens is, wou niemand haar gevoelens seer maak nie, so niemand het haar reggehelp nie.

Sarie parkeer onder 'n doringboom, die takke het nie juis blare aan nie, maar dit is die beste plek om stil te hou. Voor sy uitklim, vee sy eers die sweet van haar voorkop af en ook uit haar nek. Sy maak die deur stadig oop en sien Malie op die voorstoep sit.

So kry Sarie vir Malie op 'n bank op die voorstoep, waar sy sit en haar koud waai met haar voorskoot. Dit is bloedig warm en dit is seker die koelste plek om te wees.

"My aarde, Sarie, is dit tog nie jy nie? Ek het jou so lanklaas gesien!" En kaplaks soen Malie haar op albei wange terwyl sy haar vashou aan die bo-arms. Die vreugde blink in die groot bruin oë. " As jy nie omgee, dan sit ons sommer hier, want vandag is dit die koelste plek. Die huis binne is maar warm."

"Dankie, Malie. Ek het net vir so 'n heen-en-weertjie kom oë wys om te hoor of ek iets met die bruilof kan help."

"Ja, mens. Dis nou vir jou 'n ding. Ons is bly vir Hannie se part en die Wim Brist is só 'n goeie mens. Maar ons gaan my kind mis." en met die vee sy die trane af met haar voorskoot.

"Ja, Malie. Jy het darem 'n raakvatkind in Hannie."

"Maar kom ons gaan binne-toe dan skink ek vir ons ietsie koud in. Hannie is nie vandag hier nie. Sy is nou al vir twee weke op die ander plaas waar sy gordyne maak en ophang. Kom sit jy solank in die voorhuis dan kry ek vir ons gemmerbier uit die spens."

Sarie gaan sit en sy kyk, kyk en kyk weer. So waarlik daar teen die sitkamermuur pryk so twintig of wat uitnodigingskaartjies vasgeplak. Malie sien dat Sarie daarna kyk. "Ja, mens. Die kaartjies met die goue lettertjies was vir my so mooi, ek kon dit nie oor my hart kry om dit uit te deel nie."
En Sarie dink: Maar net mens!

Ou Flentergat

Leon Cornelius

'n Paar jaar gelede poog ons om vanaf Magersfontein, net buite Kimberley, in die rigting van die hoofpad na Kaapstad te vertrek.

Die Opel het op daardie stadium reeds 'n reputasie gehad dat hy geensins betroubaar is nie. Met die hele trop in die motor draai ek selfversekerd die sleutel, maar al wat ek hoor is die stilte van die pragtige terrein waar ons geparkeer staan.

Enjinkap oop en ek, die self aangestelde motorwerktuigkundige, op my pos om na die fout te soek.

Wonder bo wonder tref ek die fout aan, dis 'n draadjie wat uitgetrek het. Ek sit hom terug en gaan draai weer die sleutel. Pragtig! Hy het gevat en daar trek ons!

Nog so op die grondpad kon ek voel iets skort, maar toe ons van daar af links draai op die teerpad was dit nag Nella.

Met die enjin wat klink of hy wil uitfoeter en die ratte wat nie meer wil ingly waar hulle moet nie, trek ek by 'n vulstasie sowat eenhonderd meter van die grondpad af in.

Sommer vinnig is die enjinkap weer oop en ek onder die motor om te probeer vasstel wat fout is.

Dit was reeds laatmiddag en ek het begin voorberei op die moontlikheid dat ons net daar in die kar sal moet slaap.

Omdat my kennis wanneer dit by motorkarre kom bedenklik is, kon ek vasstel dat iets los is, maar waar en wat los is, was 'n ope vraag.

Moedeloos kruip ek onder die motor uit en gaan staan en bekyk die enjin van bo af - so asof ek weet waarna ek gekyk het.

Daar stop toe 'n man met sy motorfiets by ons en vra of hy kan help.

Terwyl ek sy aanbod oorweeg neem hy die kinders na die vulstasie se winkel om vir hulle lekkers te koop.

Met sy terugkeer probeer hy sy motorwerktuigkundige bel, maar die man het nie lus gehad om sy foon te antwoord nie.

Uit die bloute stop daar toe nog 'n kar by ons. Die twee insittendes klim uit en vra of hulle met iets kan help.

Ek verduidelik toe aan die twee knape wat die Opel gedoen het. Na 'n paar sekondes lê die een onder die voertuig terwyl die ander een staan en klets met die motorfietsryer wat teen hierdie tyd vasgestel het dat hy vir die jongmanne skool gegee het.

Na 'n minuut kruip die man onder die motor uit en sê dat die enjin se boute die probleem is. Daar is drie van hulle waarvan een weg is en 'n ander een afgebreek het.

Hy haal toe die laaste oorblywende bout uit en sê dat hulle vir my sal gaan soek vir soortgelyke boute.

Met die motorfietsryer wat intussen vertrek het, kom die twee samaritane terug met die halwe goeie nuus dat hulle darem een bout kon kry.

My bereidwilligheid om self die goed vas te draai word vinnig in die kiem gesmoor toe die man grond toe duik en onder die donkiekar verdwyn.

Hy kon daarin slaag om die ratkas weer in plek te kry en om die enjin vas te maak.

Ek wou hulle baie graag iets vir hulle moeite gee, maar dit was gou duidelik dat ek besig was om hulle te irriteer daarmee.

Ek het met hulle blad geskud en hulle uit die diepte van my hart bedank vir die uiters goeie daad.

Ons kon weer die langpad aandurf met die wete dat daar eerstens nog goeie mense daarbuite is en tweedens dat ons vorentoe weer probleme mag optel.

Hulpvaardige groete.

Sonskyn in Suid-Afrika

Sonette Smith

Soos die langnaweek verloop het, die nattigheid in die tuinstoele bly insypel en die koue te vroeg arriveer het, was my internet soektogte al hoe meer na iets sonnig en helder. Met nog 'n aankondiging van ons pragtige landstuk se volgende beurtkrag, is daardie soektog met verontwaardiging tot stilstand geskok.

~~~

My rooikleurige wange tref harder op die arme foon se knoppies. Wat is dan die nut van die splinternuwe sonpanele op die dak? Die digte wolke voorspel sommer self die volgende bui reën en selfs die ekstra wasgoedlyne op die koue stoep, gaan bes moontlik teen Dinsdag eers die laaste klammigheid verloor. Ek wil net begin woeker aan nog ekstra items op my klalys, toe die soekresultate sommer almal 'n brokkie sprankel op my skoot laat val. Die sonpanele vang steeds die sterkste strale! Dis wel teen minder uitset en miskien nog 'n sommetjie of twee oor die duur van die nuutste herinnering aan ons tekorte, maar daar is lig aan die punt van die kragkabel.

Die volgende reënbui het kort daarna uitgesak. My oë het bly soek vir sonskyn. Hierdie keer was dit verskuil agter die wolke van 'n bemoedigende lering oor dít
~~~

waarna ons soek en sal vind. Die sonnetjie het deurgebreek met 'n sprekende prentjie van 'n briljant lagwekkende "loadshedding" manier om water te verhit. Ek skater steeds.

Maandag was die wolke byna almal weg en die vol strale by die leë wasgoeddraad soos 'n droom wat waar word. Die Vitamien D het deur my are begin vloei, met vernuwende hoop deur net een van ons Vader se perfekte skeppings. Ten spyte van die seisoene se draai, 'n magdom donker nagte en ontelbare goggatjies wat deur ons planeet wentel, bly die liggies brand.

<div style="text-align:center">~~~</div>

Die son het helder in die huis geskyn vandag. Party plekke baie skerper as ander. Hier en daar sal die skaduwee seker bly, selfs al kom die krag weer volspoed aan. Die kortstondige samesyn om die braaivleis- en malvalekkervuur het bykans die hele nag ekstra vlam in my hart laat brand. Aaron en Rufus se breë seunsglimlagte en sprankel in hul onseker ogies het my herinner aan Sy reënboog se ewige belofte. 'n Stortvloed druppels het vroeg die oggend die laaste hitte uit die kole gedoof. Steeds het die son ook sy strale so paar keer deur die wolke laat breek Sondag, al het ek die sonsopkoms gemis. Aan die einde van nog 'n naweek en 'n sukkel met ongevraagde, bisarre laste, het ek die skaduwee van 'n nuwe week oor my voel trek.

Beide die reën en beurtkrag het tot 'n einde gekom vir 'n wyle. Die heerlike sonskyn was warm lekker, selfs teen 23°. Na die oggend se skarrel en terug van die bekende roetes, sit ek met 'n warm koffie en kyk na die donker wolke. Die ma en haar dogter op pad skool toe - een haastige helder gesig sonder masker en die ander met die pienk blom druk wat slegs die stil, skerp ogies en poniestert vertoon - krap aan my onsekere gedagtes en die drukking op my wese. Onbekwaam probeer ek die beweging vasvang en weet dit is om hier te probeer prent. Voor my sweef die massa cumulonimbus wolke stadig na regs. Aan die regterkant is 'n oop kolletjie sonlig wat wil deurbreek, maar tevergeefs toegeskuif word deur die donker beweging. Aan die linkerkant was 'n skrale oopte wat met sekere momentum groter en groter word. Net soos die glimlag op my wange. Met die laaste slukkie vars koffie, van boon na vol smaak, het die een kant se lig vorm aanhou deurbreek en tot my verbasing het die ander kant se kol groter na onder verskuif. My baadjie land op die kussing langs my en die glimlag in my hart laat die bloed spoed optel.

Oor 'n paar maande sal die sonbesies hopelik weer hul skrille klanke van lewe deel. Iewers langs die pad sal dit my ook tien teen een laat hande in die lug gooi van frustrasie. Tesame met 'n diep asemteug van stop, dink en hoop. Die neurone se oudergewoonte flitse bly gevlam met hartlike liefde. Miskien sal ek outomaties die blou liggies van my foon opsoek en peins oor die kla, kragtige woord of klop aan die deur van bemoediging vir 'n dierbare vriend wat ook swaar dra. Die skroeiende hitte sal ook met vermengde mag en sagtheid weer intree. My en miljoene ander se gunsteling sonneblom landerye is reeds in proses, al weet almal dit nie.

Ek dink aan die ontelbare Suid-Afrika sonsopkomste. Hoeveel ek al gemis het en hoeveel ek ook in die laaste drie jaar met verwondering beleef het. Hoe na dit aan my hart lê en hoe die strale daaragter my al soveel keer van 'n laaste slaap terug verwelkom het. Met tye word my planne om uit te reik met hulp, sleg in die wiele gery. Sekondes later bring die helder teenwoordigheid 'n standvastige dog behoeftige gesig in my gedagtes en op pad huis toe kan ek steeds stop om die skoenmaker se hande dankbaar te sien saamslaan. 'n Paar rand se warm wegneemete vir my, is vir hom 'n sagte boodskap in sy moeë ooglede, met eer aan Sy Vader en 'n geruste maag vir die koue aand wat wag.

Al ons miljoene siele met hul pikante mengsel van skakels - dwarsdeur die pragtigste land en tot in die buitewyke van die heelal - se sonskyn is tot in ewigheid deel van 'n magtige omwenteling. In die lag en sorge van ons eie lewens, selfs wanneer ons naastes nie altyd die helderste brokkies uit ons harte ontvang nie, hou ek styf vas in vertroue dat Sy legkaart onwoordbaar suiwer sal wees met die laaste stukkie in plek. Ek kan nie anders as om te droom hoe helder almal saam, hande saamgevat in een voortreflike samesyn sal skyn nie.

Maleagi 3:10

Oupa Bobbili

Goeiemiddag, groet sommer so vinnig in die verby gaan. Ek sien toe mos die kompetisie op Facebook, van jy kan 'n bietjie skryf oor 'n staaltjie van jou lewe en sommer 'n ietsie wen ook. Die wen pla my nie maar dink 'n paar goeie staaltjies moet die lig sien. My naam is Hendrik maar my klein kinders noem my Oupa Bobbili, geen idee hoekom nie. So ek skryf onder die naam Oupa Bobbili.

Nou die Woord van die Vader sê "Gee jou hele tiende sodat daar spys kan wees." Maleagi 3:10. Nou dit is inderdaad die waarheid. Soos enige ander jong seun in die Hervormde Kerk moes katkisasie maar gebeur. En ek was glad nie gevrywaar van dit nie, inteendeel my suster net 'n jaar ouer as ek het in die partytjie deel geneem. Ons bure was ook in die kerk en soos die kerk se noodlot dit wil het die jongste seun en dogter ook daardie jaar ons vergesel in die aksie.

Ek gaan nie name noem hier want ek het nie toestemming om hulle name te gebruik nie, baie jare laas kontak gehad met die mense in die verhaal. Ons het drie Dominees gehad, waarvan een van hulle my nie so baie kon verdra nie. Geen idee hoekom nie, want ons het gedink ons is pragtig. Ons was 'n groot groep kinders wat daai jaar ons katkisasie gedoen het. Almal in die selfde skool en van ons onderwysers was ook in die kerk gewees.

Twee goed het jy nie gedoen toe ek jonk was nie, eerstens jy "dare" my nie om iets te doen nie. Tweedens jy los my nie 'n gaping om jou 'n poets te bak nie. My eie ouers het my vertrou so ver hulle my kon sien. In ons groepie was die koster se dogter, mens maar was sy nou 'n sagtheid op 'n jong seun se oë. Gimnas in die skool, so ek hoef haar nie verder te beskryf nie.

Soos eenmaal 'n maand dit betaam word nagmaal bedien. Ons aspirant volwassenes het die voorreg om kollekte op te neem in die banke van die mense wat nie die tafel aansittery kan geniet nie. Ja hulle het nog daai groot tafels voorberei, die goeie ou dae. Laat ek jou 'n prentjie in kleur hier. Skuins oorkant die kerk was 'n klein restaurantjie en natuurlik 'n Griek met die gewone weg neem etetjies. Daar was n lekker groot lang hoë stoep waar jy kon sit en jou bene afhang. Die Dominee wat die nagmaal bedien is natuurlik die een wat my as die anti-Chris gesien het.

Almal wat kon het gaan sit aan tafel en Dominee is reg met sy ritueel om die nagmaal te bedien. Die kerk het so skuins afgeloop en die ontwerp was puik so die akoestiek was die beste. Ek het bo begin kollekteer en koster se dogter onder (wat die naaste aan die tafels was). En ek was uitgedaag deur ons bure se dogter. Soos wat ek kollekteer en afbeweeg en koster se dogter op beweeg en Dominee sê "Hierdie wyn verteenwoordig die bloed van Jesus" trek ek los en ruk Shakin' Stevens se liedjie Julie uit die hoogste toon uit. Die sang van 'n jong man vir die koster se dogter vul die kerk en maak Dominee se stem skoon dood.

Na die derde reëltjie bly ek stil, Dominee gil ek moet uit sy kerk uit. Die gemeente is in chaos, party lag en party vervloek die satan. Ek stap toe maar gewillig uit en gaan na buite. Toe ek buite is besef ek maar ek het die kollekte bord in my hand en hy loop oor. En net daar skop Maleagi 3:10 in vir my. So stap ek in die Griek se weg neem etes is en koop vir my 'n 'steak en kidney' pastei met n Appletizer. Iemand tik my op die skouer, dit was die senior Dominee gewees. Toe bestel ek twee van elk en ons sit op die stoep en praat oor my toekoms in die kerk.

Groete
Oupa Bobbili

Sluipende Gediertes

Leon Cornelius

Dit is altyd lekker om see toe te gaan vir 'n welverdiende vakansie. Wat vir sommige Transvalers, soos ek, minder lekker is, is die wete dat kreature waaraan jy nie gewoond is nie, heel moontlik oor jou pad mag kom.

Die Suidkus, waar ons op hierdie spesifieke keer met vakansie was, is op party plekke redelik wild.

So gebeur dit op 'n keer dat ek en vroulief buite sit met die kinders reeds in droomland, en my oog iets vang wat beweeg. Toe ek opstaan om te gaan ondersoek instel - aangesien ek dan nou die man van die huis moet wees en is - kom ek op 'n vars slangvel af. Dis as mens na so iets kan verwys as "vars". Die vel is so 30cm lank en redelik dun. Watter slang is dit, en waar skuil die seilende gedrog met sy splinternuwe vel?! Wat ook al beweeg het, beweeg nie meer nie want ek kon niks kry nie. Seker my verbeelding, het ek gedink.

Kwalik vyf minute later, en met slang se kind nog vars in ons gedagtes, spring vroulief skielik op, wel, sonder om te oordryf, spring sy na wat gevoel het soos drie meter die lug in op, steeds in die lug sweef sy verby my. Natuurlik spring ek ook op, moontlik vyf meter hoog. Die vertoning sou selfs die beste akrobate trots gemaak het. Amper soos in Baywatch, beweeg ons stadiger as gewoonlik deur die lug toe ons oë ontmoet. Dit was nie 'n elegante ontmoeting van oë soos in die stories nie. Nee, dit was twee pare angsbevange oë. Dieselfde gedagte is in beide van ons se koppe: Slang!

Sy het net grond gevat toe ek ook my landing reg langs haar vind. "Wat is dit?! Hoekom het jy opgespring?!" skree ek met benoudheid duidelik hoorbaar in my stem. Na sy haar varkies eers weer bymekaargekry het, vertel sy my dat iets teen haar been opgeloop het.

Nou kyk, enigiets kan seker enige plek teen 'n mens se been oploop. 'n Mier, vlieg, mot en selfs 'n spinnekop. Met die moontlikheid van slang se kind wat nog daar iewers kan wees, is dit dus te verstane dat die eerste varkie wat uit die hok storm gereken het Slang is die skuldige beenbekruiper. In hierdie geval was ou Slang toe heel onskuldig. Die enigste lewende wese wat ons kon kry, en boonop onder vroulief se stoel, was 'n akkedis! Nie sommer enige akkedis nie, 'n vreemde, lelike ding wat twee onder-standaard atlete in wêreldklas hoogspringers laat verander het.

Na dese was ons meer versigtig. Ons het besef dat ons nie meer by die huis is waar vreemde gediertes ons persoonlike spasie respekteer nie.

Hierdie gebeurtenis het ons in 'n oorlewingsfase geplaas. Dit was nou wel net 'n akkedis, maar volgende keer kon dit dalk ou Slang wees.

Ons het toe maar heeltyd aan die beweeg gebly. Hoekom sal iets dan teen 'n bewegende ding wil opkruip?

Seevakansie? Nee, vlugvakansie!

Voëlmis of Voëlraak?

Leon Cornelius

Liewe klein Andries werk op 'n dag saam met my en terwyl ons so gesels, herinner hy my aan 'n snaakse ding wat hom en ousus Melissa oorgekom het.

Vroulief het hulle oudergewoonte dié dag by die skool afgelaai en hulle het by die groot ingangshek begin instap.

Doelgerig stap die twee eendjies met Melissa voor en kleinboet agterna.

Die volgende oomblik voel Melissa 'n nat ding op haar kop val, maar die gooier van nattigheid was nog nie klaar gewees nie, Andries kry ook sy deel op sý kop.

Terwyl Melissa aan haar hare vat kyk sy om na Andries en sien wat op sy kop aangaan. Die spreekwoordelike liggie het in haar koppie aangegaan en sy het besef wat sopas gebeur het.

Teen hierdie tyd het ou Andries ook al met sy hand oor sy kop gevryf en die loperige maagwerking het teen sy nek af tot op sy skooltas begin loop.

My liewe kinders - of meeste van hulle - raak vinnig naar wat daartoe lei dat Melissa woordeloos omswaai en badkamer toe hardloop. Arme Andries het gevries en sommer net daar in die voetpaadjie begin opgooi.

Al was ek nie self daar om hierdie kostelike toneel te sien nie, kan ek my net indink hoe dit moes gelyk het.

Die ernstigheid waarmee Andries nou weer die storie vertel het, maak dit vir my net nóg snaakser.